Und siehe …

Autorin:

Ursula Strätling ist 1955 geboren und wohnt im Münsterland. Die Abiturientin hat eine erwachsene Tochter sowie zwei erlernte Berufe. Bisher widmete sie sich dem Schreiben von Lyrik und Kurzprosa. Inzwischen verfasst sie nach einer kreativen Pause neben Kriminalgeschichten auch Romane.

Inhalt:

Ursula Strätling

Und siehe …

Impressum:
Texte: © Copyright by Ursula Strätling
Umschlaggestaltung: © Copyright by Ursula Strätling
Druck: epubli – ein Service der neopubli GmbH, Berlin
2023

„Und siehe,
Schrecken und große Finsternis überfiel ihn"
(1. Mose 15, 12)

Prolog

Tiefschwarz umhüllt ihn noch immer die Nacht. Wie eine bleierne Decke legt sich die Angst auf sein Gemüt, verstopft ihm die Atemwege, so dass er panisch nach Luft zu schnappen beginnt.

Sein Mund formt einen lautlosen Schrei – ungehört.
Dann – über Stunden hinweg, in denen er erschöpft und reglos wie ein Käfer an der Wand hockt – nichts mehr!
Die Stille frisst sich in sein Hirn, bis er fast irr wird, dehnt sich ins Endlose.

„Wir werden dich auslöschen!", hatten sie zu ihm gesagt, „du wirst ein Niemand sein, nicht mal mehr eine Nummer! Von jetzt an nennen wir dich ‚Zahl'
- einfach ‚Zahl', ohne irgendeinen Wert!

Ihn auslöschen! Was hatten sie mit ihm vor, was würden sie ihm antun?
„Zahl? Nein, ich …", er schlägt mit der geballten Faust gegen die Wand, an die er sich lehnt. „Au! Schsch… Er sucht den Schmerz mit seiner anderen Hand zu verreiben.
In seinem Kopf beginnt sich zugleich ein Mühlrad zu drehen, dumpf und quälend. Das Denken fällt ihm schwer.
Die stundenlange Befragung hat Spuren hinterlassen. Sie waren nicht zimperlich gewesen.
Nun tastet er sich langsam im Dunkel mit der Hand vor, immer an der Wand entlang, bis …,

*da geht's nicht weiter, wie ist es auf der anderen
Seite? Er sucht sich zurechtzufinden, will wissen ...,
auch hier kommt er schon bald an ein Ende, die
Schmalseite?*

*Also weiter, wie sieht es mit der anderen Wand
aus?*

*Sie fühlt sich kalt an. Er beginnt unwillkürlich zu
frösteln und zieht die Jacke enger um seinen Körper.*

*Zwei kleine Schritte, dann ist auch hier das Ende
erreicht. Nicht mehr?*

*Kann – kann er sich hier überhaupt lang ausstre-
cken? Er wagt kaum, den Gedanken zu Ende zu
denken.*

Und dann probiert er es aus.

*Es geht so grad. Wenn er die Arme ausstreckt, kann
er mit den Händen die Wände berühren.*

*Vorsichtig richtet er sich zu voller Größe auf – und
berührt mit seinen Haaren die Decke.*

*Jetzt entsteht eine räumliche Vorstellung in seinem
Kopf. Aber was ist das hier? Kein Zimmer, keine
Zelle ..., eine Gruft! Wie eingemauert ist er! Wollen
sie ihn hier verrotten lassen? Weiß überhaupt irgendjemand davon?*

*Das geht ja nicht mit rechten Dingen zu, ist alles
nicht legal, was diese Verbrecher da mit ihm machen!*

*Aber dann wird er ja vielleicht nie mehr ..., dann
wird er möglicherweise niemals mehr das Tages-
licht sehen.*

Er beginnt, am ganzen Körper zu zittern, als ihm

das so richtig klar wird. Und dass sie es ernst meinen mit ihren Drohungen, davon haben sie ihn bereits mehr als überzeugt.

Gerade will er sich der Verzweiflung überlassen, als ein Geräusch ihn hochfahren lässt.

Er hört, wie eine Klappe geöffnet wird, während ein leichter Lichtschein das Gelass erhellt: „Zahl! dein Essen!"

Ein blecherner Knall, als die Schüssel auf dem beschlagenen Brett aufschlägt, dann wieder Dunkelheit und sich entfernende Schritte.

Erst als die Stille wieder lauter wird, kommt Bewegung in den Mann. Er tastet sich langsam zur Tür und zu der Schüssel vor, die er mit sich nimmt, als er sich auf den Boden setzt. Dann befühlt er deren Inhalt, ohne ihn ergründen zu können.

Die weiße Kälte so laut, dass meine Gedanken bersten.
Endlose Weite dringt ein in mein Hirn.
Gleich! Gleich werden sie kommen und mich holen!

1

Etwas zerrte an meiner Jacke.

„Au!", ich riss meinen Arm zurück. Das tat weh!
„Was soll das?" Ich suchte meine brennenden Augen zu öffnen – auch wenn es schwerfiel – und prallte entsetzt zurück. Ein Wolf!?
Er schien ebenso erschrocken wie ich und machte einen Satz zurück, als unsere Blicke sich trafen.

Erst jetzt spürte ich den heftigen Schmerz in meinem linken Bein. Das Aufstehen bereitete mir Mühe, doch im Angesicht des offensichtlich hungrigen Tieres, das aus relativ kurzer Distanz jede meiner Bewegungen genau beobachtete, durfte ich meine Schwäche nicht offenbaren, sonst war ich schon gleich dem Tode geweiht. Ohne das Raubtier aus dem Blick zu lassen, raffte ich mich wieder auf die Beine. Misstrauisch beäugten wir uns gegenseitig eine Weile, bevor ich mein Gewehr vom Boden hochhob. Zum Glück waren auch der Munitionsbeutel und das Messer noch da, sonst hätte ich mich nur noch mit bloßen Händen verteidigen können.
Ich atmete auf und sah mich um. Wo es *einen* Wolf gab, waren meistens auch noch andere zu finden. Doch weit und breit konnte ich nichts dergleichen entdecken. Ich zuckte mit den Schultern und setzte mich nach kurzer Überlegung Richtung Westen in Gang.
Es war mühsam, sich durch den Schnee vorwärts zu bewegen, auch der Wolf blickte skeptisch, wie mir schien.

„Ja, brauchst gar nicht so zu gucken, ich schaff das

schon, wirst sehen!", knurrte ich mit zusammenge-
bissenen Zähnen. Von Zeit zu Zeit blickte ich mich
um. Aber er schien mich als Beute noch nicht auf-
gegeben zu haben, denn er folgte mir beharrlich,
wenn auch in einigem Abstand.

So schleppte ich mich, wie mir schien, einige Stunden lang voran. Irgendwo hier in der Nähe musste
eine Holzhütte stehen, wenn ich mich nicht arg
täuschte. Aber der Schnee hatte die Landschaft so
verändert, dass ich mich kaum noch auskannte.
Schon begann es zu dämmern, und das konnte bei
diesen Temperaturen den Tod bedeuten. Auch ohne
Wölfe.
Ich musste dringend nach meinem Bein sehen, es
schien stark verletzt zu sein. Doch konnte ich mich
nur noch dunkel daran erinnern, wie das denn überhaupt geschehen war.

Ich blieb stehen.
Es war nichts zu hören als diese alles übertönende
Stille.
Als ich weiterging, nur noch das leise Knirschen
des Schnees unter meinen Füßen. Alle Geräusche
sonst wurden verschluckt. Verschluckt von einer
wachsenden Verzweiflung, die ich nur noch schwer
in den Griff bekam.

Mit der untergehenden Sonne aber tauchte endlich
die Hütte auf.
Ich stieß ein Freudengeheul aus. Als dies jedoch
prompt beantwortet wurde, schrak ich sofort heftig

zusammen und nahm das Gewehr zur Hand.

Es hörte sich sehr nah an. Das schien auch meinen Verfolger nachdenklich zu machen, denn er verhielt sich still, anstatt zu antworten.

„Oh, hast wohl auch Bedenken, wie? Sind das nicht deine Brüder?"

Der Wolf blieb stumm, sah mich aber unverwandt an, als habe er verstanden, was ich sagte.

Als wir schließlich bei der Hütte anlangten und ich die beinahe festgefrorene Tür endlich aufstieß, nutzte das Tier die Gelegenheit, mit mir zugleich ins Innere zu schlüpfen. Mir verschlug es die Sprache!

Unsicher überlegte ich noch, ob ich die Tür schließen sollte, da ließ mich ein aus nächster Nähe ertönendes Geheul sie entsetzt hinter mir zuwerfen.

Schnell schob ich auch den Riegel vor. Erst danach schaute ich mich wieder nach meinem „Mitbewohner" um. Der Wolf aber hatte sich in eine Ecke verkrochen und horchte, genau wie ich, aufmerksam nach draußen.

„Da sind wir wohl Leidensgenossen, wie?", brummte ich unbehaglich. „Ich werde mal erst ein Feuer machen, auch wenn du das wahrscheinlich nicht magst!"

Zum Glück lag genügend trockenes Holz säuberlich an der Innenwand des kleinen Raumes aufgestapelt. Um keinen Preis der Welt hätte ich mich jetzt nach draußen getraut!

Allerdings hatte ich mein Messer immer in griffbereiter Nähe, ließ meinen ungewollten Begleiter in der Hütte nicht aus den Augen.

Schon kurze Zeit, nachdem ich das Feuer im Ofen entfacht hatte, fingen auch die nachgelegten dicken Scheite Feuer und begannen, eine wohlige Wärme zu verbreiten.

Der Wolf verblüffte mich damit, dass er sich nun behaglich ausstreckte, und zusammen mit mir ganz offensichtlich die Nähe der Flammen zu genießen schien.

„Na, das ist ja eine Überraschung! Du bist gar kein richtiger Wolf, wie?" Ich befüllte einen Topf mit dem zu Eis gefrorenen Inhalt meiner Wasserflasche, den ich zu diesem Zweck erst zerklopfen musste. Während ich darauf wartete, dass das Wasser kochte, betrachtete ich das Tier nachdenklich.

„Du bist an die Menschen gewöhnt, stimmt's? – Doch komm mir erstmal nicht zu nahe, ich muss jetzt mein Bein versorgen, hörst du? Das tut nämlich saumäßig weh!"

Draußen schien jetzt alles still, und so schnitt ich behutsam die Hose auf und suchte, sie von der Haut zu lösen, mit der sie bereits wie verbacken war.

„Sssssss", scharf zog ich die Luft ein vor Schmerz, als ich das Tuch schließlich mit einem Ruck vom Bein löste. Prompt fing die Wunde wieder an zu bluten. Schnell drückte ich etwas von dem vorher zurechtgelegten Mull darauf und zog eine Wickel fest darüber, um die Blutung zu stillen. Zum Glück war es nur ein Streifschuss gewesen, so dass ich nicht noch in der Wunde herumstochern musste, um eine Kugel herauszuholen!

Inzwischen war auch meine Erinnerung an das Davor zurückgekehrt. Aber daran wollte ich jetzt erst mal nicht denken. Ich brauchte dringend etwas Schlaf! Doch was war mit dem Wolf, überlegte ich argwöhnisch?

Schließlich kippte ich den Tisch und legte mich dahinter, das Feuer in meinem Rücken. In der Hand hielt ich mein Messer.

Neugierig sah mir der Wolf bei meinen Vorbereitungen zu.

„Dass du bloß nicht auf dumme Gedanken kommst! Lass mich ein bisschen schlafen, hörst du?"

Kurz darauf fielen mir vor Erschöpfung die Augen zu.

2

Er schreckt hoch, findet sich nicht zurecht.
War da nicht gerade noch der Wolf?
Dann fällt es ihm wieder ein. Der Kerker!
Immer noch hält er die Essensschüssel fest in der
Hand. Eben hatte er noch geglaubt, es sei sein Mes-
ser.
Draußen auf dem Gang ein Klappern, das immer
näherkommt. Er nimmt die ungeleerte Schüssel und
tastet sich zurück zum Brett, wo er sie abstellt.
Schon wird die Klappe aufgerissen. Einen kurzen
Moment lang kann er im trüben Lichtschein die
ganze Enge seines Verlieses erfassen.
„Was soll das, Zahl? Besser, du würdest was essen,
sonst machst du es nicht mehr lang!", der schnodd-
rige Ton lässt die Luft sogleich noch um einige
Grade kälter werden.
Der Gefangene bemüht sich gar nicht erst um eine
Antwort für den Aufseher. Aber der hat die Klappe
ja auch schon wieder zugeworfen.
Ihm wird immer deutlicher, er ist nur in einer einzi-
gen Hinsicht noch wichtig für seine Häscher. Sie
erwarten Informationen! Doch was wird aus ihm,
wenn sie die bekommen haben?
Noch ist er klar genug bei Verstand, um sich nichts
vorzumachen. Es liegt auf der Hand, dass er dann
ganz einfach wertlos für sie ist, und das heißt, dass
er nicht nur verschwinden darf, sondern sogar
muss!
Sie werden ganz sicher dafür sorgen, da gibt er
sich keinerlei Illusionen mehr hin.

Mit dieser Erkenntnis breitet sich auch die Kälte immer weiter in ihm aus. Unwillkürlich beginnt er wieder zu zittern.

Zudem machen sich jetzt auch noch Blase und Darm bemerkbar.

Irgendwo muss es doch eine Möglichkeit geben . . ., er tastet den Boden ab. Nichts!

„Hallo! Haaalloo!" Er schlägt gegen die Tür.

Nach einer ganzen Weile: „Hey Zahl, was machst du da für'n Getöse?", die Stimme des Aufsehers klingt genervt.

„Ich muss mal zur Toilette!"

„Ach, der Kleine muss mal! Was glaubst du denn wo du hier bist? Dafür störst du meine Mittagsruhe? Bist du etwa ein Baby?"

„Bitte!"

„Weißt du was? Wenn du nicht aussagen willst – scheiß dir doch in die Hosen, aber lass mich in Ruhe!", ein Fußtritt des Aufsehers lässt die Tür erbeben. Dann dessen, sich entfernende, Schritte.

Ungläubig verharrt der Gefangene momentlang vor der geschlossenen Tür – bevor er sich schließlich langsam abwendet und in die äußerste Ecke vortastet, um sich dort hinzuhocken.

3

Ein lautes Scheppern riss mich aus dem Schlaf.
„Ach du meine Güte! Was machst du denn da?"
  Der Wolf suchte sich erschrocken und mit
eingekniffenem Schwanz vor den gerade aus dem
Regal purzelnden Metallschüsseln zu retten.
„Hahaha, wolltest wohl nach was Fressbarem su-
chen, wie?", frotzelte ich.
„Hast du schon einen Namen? Na, guck nicht so!
Hast ja recht, ein Wolf hat keinen Namen! Aber ir-
gendwie muss ich dich ja nennen!" Das Tier legte
den Kopf schräg.
„Na gut, nenne ich dich also Wolf! – Mein Name
ist übrigens Ove! Das heißt so viel wie die Schwert-
schneide, die Spitze! – Aber davon verstehst du
nichts!"
Der Wolf ließ ein kurzes Winseln hören.

„Also – wollen mal sehen, ob es hier was Essbares
gibt!" Ich stand auf und wühlte im Regal. „Hier haben wir tatsächlich ein paar Konserven, das dürfte
fürs Erste reichen! Zumindest, bis ich etwas gejagt
habe."
Kurz horchte ich an der Tür, dann öffnete ich sie einen Spaltbreit, um hinauszuschauen. „Die Luft
scheint rein, deine Kumpels haben sich verzogen!"
Auch Wolf kam herausgesprungen und suhlte sich
fröhlich im Schnee.
„Also, ich mach jetzt Frühstück!" Damit ging ich
wieder hinein und begann, etwas von dem Konser-

vigen in der Pfanne zu brutzeln. Ich brauchte dringend etwas Warmes in meinem Bauch. Kaum hatte ich es mir mit großem Appetit einverleibt, fühlte ich mich schon verpflichtet, nach dem Wolf zu schauen. Hatte ihm vorsorglich auch eine Portion bereitgestellt, dachte: Immer noch besser, als wenn er *mich* anknabbert.

Ich ging mit einer Schale Futter hinaus und sah mich nach ihm um. Nirgends eine Spur von ihm zu entdecken. Ein Gefühl von Enttäuschung überraschte mich. Wo war er denn hin? Ob er schon weitergezogen war?

Plötzlich griff ich nach meinem Gewehr. Ich vermeinte, eine Bewegung in der Ferne wahrgenommen zu haben und schaute durch das Zielfernrohr. Tatsächlich! Da löste sich ein Wolf aus den Bäumen des nahen Waldrandes! – Aber war es auch „Wolf", oder war es einer von den anderen, den wilden, Wölfen?

„Er ist es, ja! Er ist es! Und er bringt gleich was zum Frühstücken mit!", jubelte ich plötzlich und musste über mich selber lachen.

„Na, das kommt davon, wenn man zu lange in der Wildnis alleine ist, dann redet man mit Wölfen und schon mal mit sich selbst!", feixte ich wohlgelaunt.

„Was bringst du denn da Feines, mein Guter? Gib schon her und hör auf zu knurren! Schau mal, ich hab auch was für dich!"

Ich wusste, dass man Wölfe nicht zähmen kann, daher versuchte ich es auf meine Art, und hatte Erfolg. Das Tier schien mich zu respektieren. Und es schloss sich mir an. In der folgenden Zeit blieb es in meiner Nähe, auch wenn es zwischendurch immer mal wieder Erkundungsgänge unternahm. Aber jedes Mal kam es auch wieder zurück.

Beinahe hatte ich alles Vergangene von mir abgestreift. Und mein Bein war inzwischen relativ gut verheilt.
Es war nicht zu befürchten, dass meine Verfolger noch hier auftauchen würden, denn sie wähnten mich wohl tot. Das glaubte ich jedenfalls.

4

Die Schritte kommen näher, laut und unheilkündend.

Dann wird die Tür aufgerissen, so dass das grelle Licht ihn blind werden lässt.

„Ach, du meine Güte, stinkt das hier! Wir werden dich wohl erst abspritzen müssen, du Schwein!"

Schon spürt er den eiskalten, harten Strahl des Wassers wie einen Schlag. Als der sein Gesicht trifft, nimmt es ihm sogleich die Luft zum Atmen, und er verliert das Gleichgewicht und stürzt der Länge nach hin!

Sogleich wird er wieder hochgerissen, und sie schleifen ihn zu zweit hinaus. Hinaus aus seinem Kerker! Beinahe möchte er darüber jubeln, doch er kann noch nicht mal irgendetwas erkennen, nach der langen Dunkelhaft.

Nur langsam gewöhnen sich seine Augen wieder an die Helle, so dass er zumindest die Umrisse des Verhörraumes zu erfassen vermag.

Grob wird er auf einen Metallstuhl gedrückt.

Ist es schon soweit?

Er hebt seinen Kopf. Ihm gegenüber am Schreibtisch sitzt ein Mann, doch der Gefangene ist nicht imstande, dessen Gesicht zu identifizieren.

Eine Weile lang passiert gar nichts. Da beginnt er unruhig zu werden. „Was, was haben Sie mit mir vor?" Seine Stimme klingt rau und zittrig.

„Mein lieber „Zahl", klingt es. Das hängt doch ganz allein von dir ab, wie du weißt!"

Diese Stimme! Er kennt doch diese Stimme!

In seinem Kopf überschlagen sich die Gedanken.

„Können Sie die Lampe etwas drehen, sie blendet mich!", wagt er anzumerken!

„Aber sicher doch, Zahl!"

Die Leuchte wird etwas gedreht, aber nun fällt ihm das Licht noch direkter in die Augen, so dass er sie schließen muss. „Nnein, nicht so, bitte!"

„Wohl nie zufrieden, was?" Völlig unerwartet trifft ihn ein Schlag mitten ins Gesicht. Und mit einem Mal weiß er, woher er diese Stimme kennt.

Kann das denn sein? Ist es wirklich möglich, dass dies ... das dies sein früherer Nachbar ist?

Er ist geschockt!

Nein, ein Irrtum ist nicht möglich. Er ist es!

Das verschlägt ihm für eine Weile die Sprache. Doch dann fährt er hoch: "Carl! Das bist doch du?"

Als keine Antwort kommt, fleht er: „Du musst mir helfen, Carl!"

Das Flüstern zweier Männer ist zu hören, doch er kann nicht verstehen, was da geredet wird, so sehr er sich auch anstrengt.

Jetzt ist es eine andere Stimme, die ihn anherrscht: „Du Hurensohn, wenn du nicht bald sprichst, wirst du es nie mehr tun – können! Ist dir das klar? Ist dir das klar, hab ich gefragt!"

Jemand zerrt an seiner Schulter. Er nickt. „Ja, ja, das ist mir klar!" Seine Stimme ist beinahe tonlos. „Und?"

Ungeduldig trommelnde Finger auf dem Schreibtisch vor ihm. Er räuspert sich und ihm wird unmissverständlich deutlich: Ja, es ist soweit!

Mit gesenktem Kopf flüstert er: „Bringen Sie mich zurück!"

5

Und dann waren sie plötzlich doch da!
Mitten in der Nacht überraschten sie mich, als ich
überhaupt nicht mehr damit gerechnet hatte.
Als Wolf zu winseln begann, dachte ich zunächst
an die anderen Wölfe, doch dann wurde mit einem
Schlag die Türe aufgebrochen, und schon standen
sie mitten in der Hütte.
Wolf machten sie sogleich den Garaus, als er An-
stalten machte, sie anzugreifen. Die Kugel traf ihn
mitten zwischen die Augen.
Mein lieber Freund: Wolltest du mich denn tatsächlich verteidigen?
Der Schmerz über deinen Verlust ist groß! Dabei
kannten wir uns erst so kurze Zeit. Und doch
reichte unsere Verbindung tiefer, als es bei Menschen so schnell möglich gewesen wäre. Wir waren
Seelenverwandte, wie es nur echte Freunde sind!
Deine treuen braunen Augen ließen mich nicht
mehr los.
Tränen rannen über mein Gesicht – doch das rührte
die Jäger in keiner Weise.
Nicht einmal mit Steinen durfte ich dich bedecken,
zum Schutz vor Tierfraß, denn sie hatten es furchtbar eilig.
Es tut so weh, wenn ich daran denke.

Ein anderer Schmerz wurde an die Oberfläche mei-
nes Bewusstseins gespült. Ich hatte ihn bisher erfolgreich verdrängt, sonst hätte ich nicht überleben
können.

Nun jedoch legte er sich mit ganzer Schwere auf all
meine Gedanken. Jetzt forderte er sein Lebensrecht
ein!

„Jytte!" – Ich muss es laut ausgerufen haben, denn
einer der Männer presste mir sofort den Mund zu!
Alle duckten sich, um nicht gesehen zu werden.
Mich nahmen sie in den Würgegriff, bis mir Sterne
vor den Augen tanzten. Eine bezeichnende Geste,
wie Halsabschneiden, tat ihr Teil dazu bei, mir klar-
zumachen, was mit mir geschehen würde, falls ich
nicht kooperierte.

Als wir die grüne, bzw. jetzt schneegeweißte
Grenze passierten, wurde mir klar, dass ich nicht
mehr auf die Hilfe meiner Landsleute rechnen
durfte. Sie ahnten wahrscheinlich noch nicht einmal
etwas von meinem Schicksal.

Ich weiß auch nicht, wieso ich trotzdem noch so
voller Hoffnung gewesen war. Hatte mir wohl selber etwas eingeredet.

Meine Liebste, Jytte, war tot, da gab es keinen
Zweifel! Ich hatte ja selbst gesehen, wie sie ihr mit
dem Messer den Hals aufgeschlitzt hatten. Doch ich
wollte, ich konnte es einfach nicht glauben! Ich
würde später zu ihr zurückkehren und dann . . .

Wie oft hatte sie mich gebeten, mir einen anderen
Job zu besorgen, wie oft! Es war ja klar, dass die
Arbeit gefährlich war! Und geheim noch dazu!

Ich hatte sie benutzt! Hatte sie miteingebunden in
meine Spitzeltätigkeiten, hatte mir damit große
Schuld aufgeladen! Ich weinte lautlos, haltlos.

„Hör auf zu flennen!" Der Mann stieß mich mit dem Fuß an.

<u>6</u>

*Wie betäubt sitzt er nun schon seit Stunden nur so
da.*
*Doch je regloser er in seinem Äußeren erscheint,
um so turbulenter geht es in seinem Inneren zu.*
　*Als er wieder aus seinen Gedanken auf-
taucht, erscheint ihm seine Lage schier unerträg-
lich!*
*Am liebsten möchte er sich selbst sogleich vom Le-
ben zum Tode befördern. Doch wie soll er das an-
stellen? In diesem Gelass gibt es nichts, was er als
Hilfsmittel für solches Tun gebrauchen kann.*
*Probeweise untersucht er die Wand, kratzt an ihr
und sucht nach Lücken, doch nichts, außer zersplit-
terten Fingernägeln!*

*Wenn er sich ihnen so nicht entziehen kann, dann
muss er es eben anders schaffen! Er kann sie nicht
siegen lassen! Jyttes Tod, er muss einen Sinn gehabt haben!*
*Doch bevor er diesen Gedanken weiterdenken
kann, ist er schon wieder abgedriftet.*
*Seine Konzentrationskraft hat deutlich nachgelas-
sen, seit er aufgehört hat, zu essen.*

*Wiederum befindet er sich in einem Bewusstseins-
strom, der ihn hilflos, wie in einem Fluss, dahintrei-
ben lässt, sein Gemüt unkontrolliert in dessen Wel-
len hin- und hergeworfen.*
*Später, als ihm bewusst wird, welche Gefahr dies
für ihn bedeutet, beginnt er damit, einen Plan zu*

schmieden. Er weiß, dass die Zeit dabei gegen ihn arbeitet.

Über Stunden bemüht er sich verzweifelt darum, sich immer wieder neu zu konzentrieren, um klare Gedanken zu fassen. Die Anstrengung ist so groß, dass er darüber mehrfach wegdämmert, ohne voranzukommen.
Schließlich aber ist er soweit.
Ja, so allein kann es gehen! Denn wenn er ihnen in diesem leiblichen, irdischen Sein auch hilflos ausgeliefert ist, so können sie ihm in dem viel umfassenderen, größeren doch überhaupt gar nichts anhaben!
Und genau das sollen sie erfahren! Sie werden ihm keine Angst mehr machen können!
Er weiß, dass es in seinem Zustand nicht einfach sein wird, das umzusetzen – oder war es vielleicht gerade darum leichter?

7

Wir hatten uns im Sommer, auf einer Party, kennengelernt. Jytte kam ein wenig verspätet, das Fest war schon in vollem Gange. Als sie in mein Blickfeld geriet, war es gleich um mich geschehen. Sie entsprach in etwa meinem Traumbild von einer Frau.
Doch ganz so leicht machte sie es mir nicht, mit ihr ins Gespräch zu kommen. Es war, als ahnte sie schon damals, was da auf sie zukommen sollte.
Ganz anders als ich.
Ich war ja so arglos, so sorglos, dumm?
Nein, nein, einfach total verliebt war ich, bin ich immer noch!
Es fehlte die Zeit, der Trauer ins Gesicht zu blicken.

„Oh Jytte, mein geliebter Schatz!"
Ein tiefer Schluchzer entfuhr meiner Kehle. Ihr Gesicht schien dem meinen plötzlich so nah, dass ich vermeinte, ihren Atem auf meiner Haut zu spüren. Tränen lösten sich aus meinen Augen und rollten mir unkontrolliert über die Wangen. Sie schwollen an zu einem Strom unstillbaren Leids, das mich zu Boden warf und schüttelte, bis ich schließlich in eine gnädige Erschöpfung versank.

Ein Schrei lässt ihn hochfahren. Kerzengerade kniet er auf dem nackten Boden seines Verlieses und horcht in die Dunkelheit.

Wieder dieser, beinahe heulende, um Gnade bettelnde Schmerzenslaut, der nichts Menschliches mehr an sich hat.

„Aufhören!"

Entsetzt hält er sich beide Ohren zu und schlägt mit dem Kopf gegen die Wand.

„Aufhören!"

Von außen donnert jemand gegen seine Tür. „Noch einen Ton und du kommst auch gleich dran!", droht der Wärter.

Entsetzt steckt er sich die Faust in den Mund, um seine Schreie zu ersticken.

So werden sie bald auch ihn ...

Er fängt leise an zu summen, summt und findet seinen eigenen Ton – unhörbar für die Schergen.

Er fließt aus ihm heraus, immer weiter, immer mehr, bis er den Raum ganz erfüllt. Und fließt und drängt durch den kleinsten Spalt – bis hinaus auf den Gang und weiter noch durch die Mauern und ganz hinaus ins Freie! Dort entfaltet er sich erst recht und fährt jubilierend empor, als habe er Flügel bekommen, hebt sich und hebt, bis hinauf ins All!

Und er hört ihn aufsteigen, horcht, wie er langsam leiser wird, immer leiser, bis er schließlich ganz entschwindet.

So wird er es auch machen – vielleicht schon ganz bald!
Erschöpft sinkt er wieder in sich zusammen.

9

Leise bewegten wir uns durch die Nacht, immer auf der Hut vor den Grenzpatrouillen.

Meine Leute wussten genau, was sie erwartete, wenn wir entdeckt wurden. Als Systemgegner würden sie in irgendeinem Gulag, würden im Nirgendwo des riesigen Landes verschwinden.

Schon lange wollte ich mit meinen Grenzgängen aufhören, doch immer wieder wandten sich verzweifelte Menschen an mich, ihnen aus ihrer Not herauszuhelfen. Ich konnte sie nicht einfach so ihrem Schicksal überlassen!

Diesmal war es eine ganze Familie, die ich herüberholen sollte. Die zwei kleinen Mädchen, die von ihren Eltern fest an den Händen gehalten wurden, gähnten müde und taumelten erschöpft mit uns durch die Nacht. Vor uns lag eine weite Ebene, die wir zu durchqueren hatten, doch noch gab es keinen Schnee, und so war die Gefahr der Entdeckung unserer Spuren nicht gar so groß.

Als plötzlich, nicht weit hinter uns, ein Licht durch die Dunkelheit zitterte, trieb ich die Leute zu höchster Eile an: „Los! Schnell, es ist nicht mehr weit! Gleich haben wir es geschafft!"

Die Freiheit war bereits in Sichtweite, und tatsächlich schafften wir es bis dorthin, schafften es bis zu Jüttes Haus.

Schon wähnten wir uns aber in Sicherheit, da mussten wir mit Entsetzen feststellen, dass wir noch immer gejagt wurden.

Unsere Verfolger konnten dem Drang nicht wiederstehen, uns auch nach Überschreiten der Grenzlinie noch zu überwältigen.

Wohl nach der Devise: Wo kein Kläger, da kein Richter!

Zuerst nahmen sie sich die Familie vor: Peng! Peng! Peng! Peng!

Jütte kam aus unserem Haus gelaufen, heftig mit den Armen gestikulierend: „Nein, nein! Nicht doch!", schluchzte sie noch. Dann war sie selbst dran.

Mir gefror das Blut in den Adern, ich konnte nicht glauben, was ich mit eigenen Augen sah. Doch dann ging ein Ruck durch meinen Körper, als ich begriff!

Noch waren sie beschäftigt, und ich nutzte meine letzte Gelegenheit zur Flucht.

10

Lange Zeit dämmert er nur so dahin.
Bald würde er Jütte wiedersehen, bald!
Schon wird ihre Kontur klarer – tritt sie lächelnd
auf ihn zu.
Er streckt ihr seine Arme entgegen: Liebste!
Doch dann wird er plötzlich unruhig und merkt auf.
Entkräftet liegt er noch immer in seinem dunklen
Gefängnis. Er kann sich kaum mehr bewegen, so
schwach ist er geworden.
Er sehnt sich so – will nicht länger in diesem Da-
sein gefangen bleiben!
Da, ein Schimmer in der Ferne!
Und bald spürt er, wie ihn sein Wunsch ganz lang-
sam hinüberträgt.

Als ein wenig später die Wärter kommen, ihn zu ho-
len, finden sie nur noch seine Leiche vor.
Auf seinem Gesicht liegt ein Lächeln.

Waldfund

Prolog

Wie ein Suchscheinwerfer wanderte der Sonnenstrahl über den moosigen Waldboden der Lichtung. Langsam schob er sich immer weiter an eine dunkle Erhebung heran, die sich bei genauerem Hinsehen als ein Haufen von Waldameisen herausstellte. Weitere Konturen blieben im tiefen Schatten der hohen Bäume ringsum verborgen.
Nur das ferne Läuten einer Kirchenglocke durchbrach die mittägliche Stille.

Auf dem Ameisenhügel regte sich etwas.
In gemeinschaftlicher Anstrengung suchten die Tierchen offensichtlich, sich eines Gegenstandes zu entledigen. In tagelangem Bemühen hatten sie ihn nach und nach ans Licht gebracht, bis er schließlich nur noch wie eine Fahne auf der Spitze des Haufens herausstak.
So entdeckten ihn an diesem Tage auch die zwei Pilzsucher, die sich gerade eine kleine Pause an diesem sonnigen Plätzchen gönnen wollten.
Und plötzlich zerriss ein entsetzter Schrei die friedliche Ruhe des Waldes, mit der es, zumindest vorläufig, ab jetzt vorbei war.

1

Die ganze Mannschaft war vor Ort. Großzügig wurde die Stelle mit Flatterband abgesperrt, um neugierige Zuschauer, welche die vorhandenen Spuren an diesem möglichen Tatort unbrauchbar machen könnten, gar nicht erst in die Nähe zu lassen.

Schon begann es zu dunkeln. Blitzlichter flammten auf, die allesamt den Ameisenhügel und die nähere Umgebung im Visier hatten.

„Gruselig was?", äußerte Theo Lange von der Spurensicherung gerade, der vor dem wimmelnden Getier kniete und zu Hauptkommissarin Anna Wiegand hochblickte. „Sieht aus, als ob uns da jemand aus dem Haufen zuwinkt!" Er schüttelte sich. Und tatsächlich bewegte sich dort sachte das Gerippe einer Hand wie grüßend hin und her.

Anna nickte nur nachdenklich, bevor sie, die Luft tief einholend, meinte: „Wir werden sofort den Förster benachrichtigen – der Insektenhaufen muss versetzt werden! Können Sie das veranlassen, Lange?"

„Das hab ich mir schon gedacht! Ich erledige das! – Werde auch dafür sorgen, dass der Wald rundum gründlich abgesucht wird! Zwar sieht es so aus, als sei die Tat, wenn es denn eine ist, schon vor langer Zeit begangen, doch man kann ja nie wissen!"

„Ja, die Hand ist total skelettiert, aber das mag ja auch Tierfraß, Witterung oder anderem geschuldet sein!", murmelte Anna, „Möchte wissen, ob da noch mehr dranhängt!"

Keine halbe Stunde später war der Förster vor Ort, so dass sie mit der Abtragung der Insektenfestung beginnen konnten. Vorsichtig wurde als erstes die skelettierte Hand geborgen und eingetütet. Dann hob man Schaufel für Schaufel des Gewimmels mitsamt den Tannennadeln über ein mittelgrobes Sieb in einen riesigen Sack, immer darauf bedacht, auch bloß nichts zu übersehen. Die Tierchen waren darüber ihrerseits in helle Aufregung geraten und suchten sich gegen ihre Feinde zu verteidigen. „Hat jemand von euch zufällig Rheuma? Der könnte sich jetzt einer Kur unterziehen, indem er sich mit dem nackten Hintern dareinsetzt!", meinte Lange gerade verschmitzt lächelnd und kniff der Wiegand ein Auge zu.
Die verzog keine Miene als sie ihm entgegnete: „Das ist leider während der Dienstzeit strengstens untersagt!" Dann drehte sie sich schnell weg. Um ihre Mundwinkel zuckte es verdächtig.
Verblüfft schaute Lange auf, aber sogleich legte sich ein breites Grinsen auf sein Gesicht. Er mochte diese Art von Humor an ihr.
Sie aber schaute schon voller Konzentration auf die Siebearbeiten. Als schließlich der Hügel immer kleiner geworden und nichts weiter entdeckt worden war, auch im darunterliegenden Erdreich nichts

mehr gefunden wurde, wandte sie sich mit enttäuschter Miene ab. „Hm, das heißt dann wohl, dass wir den Ort erst noch finden müssen, an dem das geschehen ist! Wir haben die Leiche noch nicht vorliegen, sie kann sich also theoretisch überall befinden! Das heißt: Wenn es überhaupt eine Leiche gibt! Vielleicht lebt dieser Mensch ja noch, dann wäre es „nur" Körperverletzung, oder auch ein Unfall?"

In diesem Moment wurde es plötzlich unruhig zwischen den Bäumen. Sofort wandte sich die allgemeine Aufmerksamkeit dorthin.

Einer, der in weiße Schutzanzüge gekleideten Beamten, führte eine große Gestalt direkt zu Anna: „Der Mann will wissen, was hier vor sich geht! Er meint, vielleicht könne er ja helfen!" Entschuldigend fügte er hinzu: „Er ließ sich einfach nicht wegschicken!"

„Schon gut!", meinte Anna und wandte sich dem, in ein dunkles Cape gehüllten, Bärtigen zu. „Ich bin Hauptkommissarin Wiegand, wer sind Sie und was können Sie uns sagen?" Ihr Blick musterte das Gesicht des Unbekannten, der ihren Blick ebenso erwiderte.

Bevor er antwortete, schaute er sich einmal prüfend um. Dann fragte er – besorgt, wie es Anna schien – „Was haben Sie entdeckt?"

Anna ließ sich nicht beirren: „Bitte, womit können Sie uns möglicherweise helfen?" Sie sah ihn auffordernd an. Ihr fielen seine großen, kräftigen Hände auf, die er unstet aneinander rieb. Überhaupt machte er einen, wie getriebenen Eindruck.

„Möglicherweise habe ich ja etwas gesehen!" Seine Stimme war zu einem Flüstern abgesunken. Unruhig schaute er sich weiter um.

„Wissen Sie was? Sie kommen jetzt mit ins Kommissariat, und dann nehmen wir erst einmal Ihre Personalien auf! Anschließend können Sie uns alles erzählen!" Anna winkte einem der Schutzpolizisten: „Bringen Sie uns bitte zum Präsidium, dieser Herr möchte eine Aussage machen!"

2

Um fünf Uhr morgens ging die Briefkastenklappe wie gewohnt. Er hatte nach einer durchwachten Nacht schon seit Stunden auf dieses Geräusch gewartet und sprang gleich auf, sich die Zeitung zu holen.

Selbst der Schlaf mied ihn. Ein wenig kam er sich wie ein Geächteter vor, unverstanden und verlassen. Für einen kurzen Moment neigte er dazu, seine Handlungsweise zu bereuen, vergaß diesen Impuls aber gleich wieder, als er das Blatt auf den kahlen Küchentisch legte und ihm das Bild mit der Schlagzeile der Titelseite ins Auge sprang.

„Gruß aus dem Ameisenhaufen - Unheimlicher Skelettfund im Wald!"

Hastig begann er, die Zeitung aufzublättern und nach weiteren Informationen zu suchen.

Während er las, nahm er nichts anderes mehr wahr, weder das Ticken der schäbigen Küchenuhr, noch den blubbernden Kaffee auf dem Herd. Erst als es im leergekochten Topf zischte und ihm ein unangenehmer Brandgeruch in die Nase stieg, sprang er auf und riss das Ding vom Ofen. Scheppernd landete es auf dem schmutzigen Steinboden. Er fluchte. Dann bückte er sich danach, um das heiße Töpfchen in das Küchenbassin zu den anderen Sachen zu schleudern. Anschließend stieg er in seine Gummistiefel – „Scheiß Ameisen!" – und stapfte wütend hinaus in den Hof.

Draußen schnappte er sich den bereitstehenden Spaten, setzte sich eine Stirnleuchte auf, denn es war noch dämmrig, und hastete damit bis zum hintersten verborgenen Winkel des verwilderten, von einer Mauer umgebenen Gartens. Dort blieb er für einen Moment stehen und sah sich prüfend um. Er zog ein Paar frisch eingeschweißte Gummihandschuhe aus der Tasche, die er auspackte und sich jetzt sorgfältig über die Hände zog. Dann machte er sich an einem dichten Strauch zu schaffen, hinter dem er zu graben begann. Ein Schimmer seiner Lampe zuckte durch den Busch hin und her, kaum auszumachen hinter dem vielen Gesträuch des Gartens. Erst eine geraume Weile später trat der Mann wieder hervor, sah sich erneut sichernd um, bevor er eine große, gefüllte Plastiktüte dahinter hervorholte und sie zurück zum Haus trug. Doch anstatt hinein zu gehen, wandte er sich nun seitlich, einem halb zugewucherten Gartentörchen entgegen und setzte die schwarze Tüte von innen auf dem Boden ab. Anschließend kramte er einen Schlüsselbund aus der Tasche und öffnete das gesicherte Schloss, welches er sorgsam wieder versperrte, bevor er mit seiner Last im nahen Wald verschwand.

3.

Im Kommissariat ließ Anna sich gerade dem Zeugen gegenüber am Tisch nieder. „Möchten Sie einen Kaffee?" Sie sah den Bärtigen über ihre Brillengläser hinweg fragend an. Doch der schüttelte nur den Kopf. Er schien ihr jetzt um einiges ruhiger als dort vor Ort im Wald zu sein. „Na gut, dann schießen Sie mal los, Herr Wahlke, richtig?"
Er nickte zustimmend.
„Also, was ist Ihnen denn aufgefallen?"
Wieder schaute er ihr ganz direkt ins Gesicht, so, als wolle er ihre Reaktion auf seine Worte prüfen. Dann beugte er sich noch ein wenig weiter vor und meinte mit gedämpfter Stimme: „Zuerst müssen Sie mir versprechen, dass mein Name nicht in den Medien erscheint!"
„Worüber machen Sie sich Sorgen?"
Er rutschte unruhig auf seinem Stuhl umher, bevor er hervorstieß: „Wenn Sie´s genau wissen wollen, ich habe Angst!" Seine Gesichtsfarbe wechselte leicht ins Rötliche, was jedoch großenteils von seinem, mit viel Grau durchsetztem, aber ansonsten schwarzen Bart, verdeckt wurde.
Überrascht betrachtete Anna den großen, kräftigen Mann. So alt war er doch noch nicht, und er schien ihr durchaus wehrhaft zu sein. Wieso war er so ängstlich? Oder machte er Ihr etwas vor?
Sie sah, dass er tief Luft holte, bevor er plötzlich hervorstieß; „Wenn der, der das getan hat, erfährt,

dass ich etwas beobachtet habe, dann – " Er ver-
stummte abrupt.

Anna sah, wie er sich quälte: „Von uns erfährt er
nichts!", fügte aber ehrlicherweise hinzu: „Allerdings kann ich für die Presse keine Garantie übernehmen!" Anna legte ihre Lesebrille zur Seite. Erwartungsvoll hoben sich ihre Augenbrauen, als sie
ihn ansah.

Er schnaubte kurz durch die Nase: „Nun also gut,
es war vor etwa einem Monat. Sie müssen wissen,
ich halte mich sehr viel im Wald auf. Er ist, wie soll
ich sagen?", er suchte nach den richtigen Worten.
„Ja, er ist, er *war* immer wie ein Zuhause für mich,
wenn Sie wissen, was ich meine!"

Anna nickte.

„Und nun! Nun kommt einer her, der diese Schön-
heit zerstört!" Den letzten Satz flüsterte er wie be-
klommen.

„Was haben Sie gesehen?", mahnte Anna.

„Ich hatte es mir am Rande dieser kleinen Lichtung,
unter den Bäumen, bequem gemacht. Wissen Sie,
es kommen schon mal Rehe dorthin, deshalb habe
ich mich mit meinem Umhang und ein paar Zwei-
gen getarnt. Dann kann ich sie, wenn der Wind gut
steht, ganz aus der Nähe beobachten!" Er starrte
nachsinnend auf den Tisch. „Ja, und plötzlich sehe
ich da diesen Mann! Er kam mir sofort irgendwie
merkwürdig vor, weil er sich dauernd so um-
schaute, als wenn er was zu verbergen hätte." Er
machte eine Pause.

„Und er hat Sie nicht bemerkt?"

„Nein. Der war mir unheimlich, und so habe ich

mich nicht gerührt!"

Als Anna schon glaubte, es käme nichts mehr, fuhr er fort zu berichten:

„Plötzlich zog er eine Plastiktüte unter seiner Jacke hervor und leerte sie an genau *der* Stelle aus – der Ameisenhaufen war damals noch ganz klein." Es schauderte ihn offensichtlich, als er darüber nachdachte. „Ich bin dann hin und habe nachgesehen, als der Mann wieder weg war! – Es schien ein verdorbenes Stück Fleisch zu sein, man konnte nichts Genaues erkennen, da es in Papier eingerollt war. Ich hab mir nichts weiter dabei gedacht, wer glaubt denn schon an sowas?" Er schaute die Kommissarin mit einem beinahe flehenden Gesichtsausdruck an.

„Können Sie ihn beschreiben, den Mann?", fragte Anna gespannt.

Wahlke räusperte sich. „Ich seh ihn noch genau vor mir. Schätze ihn etwa zwischen 40 und 50 Jahre, , untersetzte Statur, vielleicht so 1,75 groß. Der hatte eine Mütze auf, aber ich glaube, die Haare, die rausguckten, waren mittelblond." Er zögerte. „Einen Schnäuzer könnte er noch gehabt haben. Parka und Gummistiefel. Ja, das war´s!"

„Würden Sie bei der Erstellung eines Phantombildes behilflich sein?", erkundigte sich Anna.

„Ich weiß nicht . . ., ja, ich versuch´s!"

4.

In dem kleinen, idyllischen Städtchen, etwa 50 km
entfernt, hatte der Zeitungsartikel für weitere Unruhe gesorgt.

Der Morgen war noch jung, und die Sonne fiel
schräg in die Fenster des kleinen Einfamilienhau-
ses, in dem Bernd und Marianne Krüger sich gerade
erst aus dem Bett gequält hatten. Seit dem plötzli-
chen Verschwinden ihrer Tochter vor sechs Wochen fiel es ihnen zunehmend schwerer, ihren All-
tag auch nur annähernd zu bewältigen.

Als sie nun diese Zeilen lasen, versetzte sie das in
eine furchtbare Aufregung: „Bernd, so schau doch,
hier!" Marianne Krüger rückte erregt mit ihrem
Stuhl herum. „Wir müssen uns sofort bei der Poli-
zei erkundigen! Das, das darf nicht! Sie muss ..!
Bestimmt lebt sie noch! Die wissen vielleicht schon
Genaueres, Bernd!" Sie brach in Tränen aus. „Oh,
Karla!", presste sie gepeinigt hervor.

Ihr Mann starrte ins Leere. Er brachte nicht mehr
die Kraft auf, auf die Worte seiner Frau einzuge-
hen. Nur begann plötzlich seine Hand, mit der er
die Kaffeetasse hielt, unkontrolliert zu zittern, so
dass er sie absetzen musste.

Für eine Weile saßen sie still und in Gedanken ver-
sunken da, als die Frau plötzlich aufsprang und dabei ihren Stuhl mit Gepolter umstieß. „Ich halte das
nicht mehr aus! Wenn du nicht mitkommst, Bernd,
gehe ich eben alleine zur Wache!"

Er zuckte zusammen und erhob sich schnell. Sein Blick folgte seiner Frau. „So warte doch!"
Seufzend quälte er sich in den Mantel, um ihr hinterher zu hasten, während die Haustür mit einem lauten Rums ins Schloss fiel. Gerade noch konnte er schnell den Schlüssel zum Abschließen umdrehen.
An der Ecke erst holte er sie schweratmend ein und glich seinen Schritt dem ihren, so entschlossen vorwärtsstrebenden, an. Stumm liefen sie nebeneinander her, bis sie die rote Backsteinfassade der Polizeiwache erreichten und das Gebäude betraten.

5.

Richard Wahlke öffnete den oberen Knopf seines Umhangs, danach die anderen und wand sich anschließend bedächtig daraus hervor. Dann warf er ihn achtlos über den einzigen Stuhl in seiner Hütte.

Dabei schwirrten dem Bärtigen die ganze Zeit unzählige Gedanken durch den Kopf.

War es richtig gewesen, zur Polizei zu gehen? Was, wenn der Täter dadurch von ihm als Zeugen erfuhr? Dann war er doch jetzt ebenfalls in Gefahr, oder etwa nicht?

Aber was hatte er denn überhaupt gesehen? Gab es denn einen Mordfall? Vielleicht fand sich eine einfache Erklärung für all das?

Er füllte Wasser in den Kessel, um einen Tee zu machen. Als er sich damit zum Herd wandte, hielt er nachdenklich inne.

Aber nein! Selbst die Polizei ging ja von einem Verbrechen aus – immerhin hatte sie das Skelett einer menschlichen Hand gefunden! Also war mit Sicherheit etwas Schreckliches passiert, wie konnte es sonst sein?

Er nickte voller Überzeugung, bevor er die Flamme unter dem Kessel entzündete.

Vor einigen Jahren war er selbst einmal zum Opfer eines Verbrechens geworden. Das hatte tiefe Spuren bei ihm hinterlassen. Seit jenem Tag konnte er seiner Arbeit in einer Bank nicht mehr nachkommen, so dass er bald darauf seinen Beruf aufgeben musste.

Es genügte, *einmal* mit Gewalt konfrontiert worden zu sein. Seine Hilflosigkeit damals hatte ihn bis in die tiefste Seele erschüttert. Seitdem war er ängstlich geworden.

Einzig in der Natur konnte er sich noch wohl fühlen. Bis zu jenem Tag.

Er starrte in die Flamme des Herdes, auf dem das Wasser bereits zu sieden begann.

Plötzlich schrak er zusammen und horchte auf. Es hörte sich an wie ein brechender Ast. Ein kurzer Schatten am Fenster . . .

Wahlke huschte zur Tür, öffnete sie einen Spaltbreit und lugte vorsichtig hinaus.

Nichts! Nur das leise Rascheln der Blätter im aufkommenden Wind.

Er trat nun ganz hinaus. Langsam umrundete er das Häuschen und schaute aufmerksam nach möglichen verdächtigen Anzeichen aus. War etwa jemand hier gewesen? Gerade eben noch?

Da! Ein frisch gebrochener Ast! Jetzt beugte Wahlke sich hinab. Und vor dem Fenster ein frischer Fußabdruck, tatsächlich! Sein Kopf ruckte suchend hin und her, während er sich vergewisserte, dass nicht plötzlich jemand hinter ihm stand.

Als er niemanden entdecken konnte, hielt er seinen eigenen Fuß probeweise neben den soeben entdeckten.

Sein eigener konnte es nicht sein. Dieser hier war etwas kleiner, und, wie es aussah, ein Stiefelabdruck.

6.

Er hatte sie nur beobachten wollen - zunächst.

Sie war ihm schon draußen vor der Kneipe aufgefallen. Eine attraktive junge Frau, die die Blicke der Männer auf sich zog. Und gar zu bald regte sich in ihm wieder diese altbekannte Lust.

Wenn er jetzt nicht fortging, würde er es nicht mehr können.

Doch er blieb.

Vom Moment an, als die Musik drinnen zum Tanz aufspielte, bis zu dem Augenblick, als die Musiker ihre Instrumente weglegten, um Pause zu machen, ließ er sie nicht aus den Augen.

Dann folgte er ihr bis zu den Toiletten.

Als sie wieder herauskam, sprach er sie an.

Beim Gedanken daran, wie sie ihn dann hatte abblitzen lassen, konnte er die Wut wieder fühlen, die sich seiner bemächtigt hatte. Wie er sich gedemütigt fühlte.

Auch jetzt wieder schlossen sich unwillkürlich seine Hände erneut zu Fäusten, wenn er sich erinnerte. Nie wieder! Nie! Wieder! Würde er sich so erniedrigen lassen!

„Alter Bock!", hatte sie zu ihm gesagt. Das durfte sie nicht tun! Er konnte das nicht hinnehmen! Das ging einfach nicht!

Dieses junge Ding würde ihm nicht den Rest seiner Würde nehmen! Würde sie nicht! Dafür wollte er schon sorgen.

Und ins Gefängnis ging er dafür auch nicht – niemals mehr! Dies schwor er sich hoch und heilig.

Sollte nun mal jemand anderes büßen! Er selbst
hatte ja noch etwas gut dafür, dass er bereits einmal
unschuldig gesessen hatte. Seine Rechnung war so-
mit beglichen!
Mit solcherart Gedanken suchte er sich reinzuwaschen, während er auf dem Rückweg zu seinem
Haus durch den Wald stolperte.

7.

Der Polizeibeamte versprach dem Ehepaar Krüger, sie auf jeden Fall zu benachrichtigen, falls es weitere Erkenntnisse im Fall ihrer vermissten Tochter Karla geben sollte.

Die beiden Leutchen taten ihm leid, wie sie sich da so bedrückt wieder davonmachten, nachdem er ihnen nichts weiter hatte mitteilen können, als wie sie sowieso schon aus der Zeitung wussten.

Gerade machte er sich wieder an seine Schreibtischarbeit, als das Telefon schrillte.

„Polizeidienststelle Hammerdingen, Lützow am Apparat! . . . Oh, tatsächlich? . . .Hm hm. Ja! . . . Die waren eben gerade schon hier und haben sich erkundigt! . . . Ja, ja, o. k.!" Er blieb für einige Augenblicke mit dem Hörer in der Hand stehen, bevor er nachdenklich auflegte.

„Was ist?", fragte sein Kollege Perthes, „gibt´s was Neues in dem Fall?" Er schaute Lützow erwartungsvoll an.

„Das kann man wohl sagen! Es wurden weitere Leichenteile gefunden!"

Lützow sank auf seinen Stuhl. „Puh, nee! Wie kann man nur einen Menschen zerstückeln! Da dreht sich mir ja allein schon bei der Vorstellung bereits der Magen um!

Und wo haben sie die gefunden? Mensch erzähl schon!"

„Das war in demselben Wald, aber ein Stück von dem ersten Fund entfernt – übrigens: kein Wort an die Presse! Möglicherweise lässt sich jetzt herausfinden, ob es sich um die vermisste Tochter handelt. Wie hieß sie gleich?" Er schaute auf seine Notizen. „Karla! Karla Krüger! – Die Ermittler wollen natürlich zuerst Sicherheit darüber erhalten durch die Obduktion, Zahnstatus etc. bevor sie mit den Eltern sprechen! Mann, die ist wahrscheinlich schon seit Wochen tot! – Aber vielleicht gibt es ja auch irgendwelche Gegenstände oder andere Erkennungszeichen – so genau haben die mich eben auch noch nicht eingeweiht!"

„Die müssen diesen Mistkerl ganz schnell kriegen, bevor noch mehr passiert!"

„Du glaubst, dass es ein Serientäter ist, was? Aber es steht noch gar nicht fest, was genau dahintersteckt!" Er ging, sich einen Kaffee einzugießen.

„Sieht aber ganz danach aus!"

„Vielleicht wollte auch nur einer seine Spuren verwischen!"

So, oder ähnlich ging es in den folgenden Tagen weiter zwischen ihnen hin und her!

Bis eines Morgens Hauptkommissarin Anna Wiegand höchstpersönlich bei ihnen aufkreuzte.

8.

Tags zuvor hatte man die Suche im Wald noch etwas ausgeweitet, so dass auch das alte Häuschen Richard Wahlkes am Waldrand mit einbezogen wurde. Wieder setzte man Spürhunde ein. Als die sich dem kleinen Grundstück näherten, wurden die Tiere plötzlich unruhig und begannen zu winseln. Eifrig legten sie sich dermaßen in die Gurte, dass sie kaum noch zu halten waren.

„Hier muss was sein!", sogleich wurde der Bereich abgesperrt und von ein paar Leuten genauestens abgesucht.

Nicht bald darauf ertönte dann auch der Ruf: „Fund!", worauf als erstes ein paar Fotos gemacht wurden, bevor man an der entsprechenden Stelle zu graben begann. Kaum erkennbar lugte dort ein kleines Stückchen schwarze Plastikfolie aus der Erde.

Mit geweiteten Augen schaute der Bärtige, der die Suche ebenfalls gespannt mitverfolgt hatte, und drückte erschrocken eine Hand auf seinen Mund, als kurz darauf ein gefüllter schwarzer Plastiksack zu Tage befördert wurde. „Also doch!", presste er, nach Luft schnappend, hervor.

„Herr Wahlkes, möchten Sie sich dazu äußern?", Anna Wiegand sah ihn auffordernd an. Ihr war nicht entgangen, wie beunruhigt der Mann war. „Ihnen ist schon vorher etwas aufgefallen, stimmt's?"

Er nickte und flüsterte mit heiserer Stimme: „Bitte, kommen Sie!" Damit führte er sie um sein Haus

herum bis zu der Stelle, an der er den Stiefelabdruck entdeckt hatte. „Der ist nicht von mir! Da
muss einer um mein Haus geschlichen sein! – Ich
hatte geglaubt, es sei nur ein neugieriger Wanderer
gewesen, doch jetzt . . .“

„Hier noch einen Gipsabdruck, bitte!“, rief Anna
den Leuten von der Spusi zu. Zum Bärtigen ge-
wandt: „Und Sie dürfen die Stadt vorläufig nicht
verlassen, verstanden? Bis die Ermittlungen abge-
schlossen sind“.

Später, im Krankenhaus, ging sie hinunter in den
Autopsie-Keller, um den grausigen Inhalt des Beu-
tels zu sichten.

9.

Er hatte das Geschehen von seinem provisorischen Hochsitz aus mit einem Fernglas verfolgt. Von Zeit zu Zeit stieß er einen zufriedenen Grunzlaut aus. Jetzt würde der Verdacht hoffentlich auf diesen bärtigen Sonderling fallen! Wenn er *den* erst einmal aus dem Wege hätte, könnte er sich in Zukunft viel freier im Wald bewegen und müsste ihm nicht immerzu ausweichen! Das hatte ihn schon lange gestört.

Nur jetzt selbst nicht auffallen!

Bisher brauchte er sich deswegen noch keine Sorgen zu machen, aber das mochte sich schnell ändern.

Er verfiel ins Träumen, während er dort oben auf dem Ansitz hockte. In den letzten Tagen dachte er beinahe immerzu an diese Karla zurück.

Sie war selber schuld! Er hatte sie ja nicht töten wollen, doch sie hätte ihn sonst ganz sicher verraten. Sie laufen lassen, das konnte er nicht mehr! Schließlich hätte sie ihn als Vergewaltiger identifiziert . . .

Doch was heißt schon vergewaltigen, wenn man ihn nicht mehr hochkriegt! Aber das spielte ja keine Rolle, soviel wusste er schon.

Und schließlich hatte er sich ja auch seine Befriedigung noch verschafft. „So und so und . . .!", er schnellte erregt mit seinen Armen vor und schlug wieder und wieder mit den Fäusten auf einen imaginären Körper ein.

Nachdem sie ihn zunächst verhöhnte, hatte er nicht mehr an sich gehalten und seinem inneren Aufruhr schließlich Luft gemacht.

Die paar kleinen Quälereien in den Tagen danach weckten seine Lust immer wieder neu, doch leider hatte die Kleine das nicht lange durchgehalten. Als er sie einmal zu lang würgte, war sie ihm einfach weggestorben, war erstickt.

So ein schöner Körper! In der Erinnerung streichelte und kniff er sie wieder und wieder und überall! Ritzte sie . . . Diese samtene Haut!

Nur an seiner Feinarbeit musste er noch arbeiten! Konnte schließlich nicht alle naselang ein neues Opfer suchen, das würde auf Dauer zu sehr auffallen.

Er seufzte hörbar auf.

10.

In dieser Nacht erschien ihm seine Mutter im Traum. Es war das erste Mal seit langer Zeit. Und dabei hatte er geglaubt, das sei nun endlich vorbei!

Richard Wahlkes war schweißgebadet, als er aufwachte und begab sich schlurfenden Schrittes sogleich ins Bad, um sich unter dem heißen Strahl der Dusche von diesem ekligen Gefühl reinzuwaschen. Er hasste es, sich unsauber zu fühlen und das tat er immer dann, wenn ihn seine Träume zurück in die Kindheit führten. Dann sah er seine Mutter vor sich stehen, wie sie den Finger auf ihn gerichtet hielt und ihm mit einem vernichtenden Blick bedeutete, ins Badezimmer zu gehen.

„Los, ausziehen!"

Bei diesen Worten fuhr er jedes Mal zusammen und begann zu weinen, was ihm nur wiederholte Ohrfeigen einbrachte.

Und dann nahm sie die Seife und glitschte damit in jeden Winkel seines Körpers, dass ihm Hören und Sehen verging. Und wieder und wieder glitt sie an ihm entlang, bis er sich aufbäumte und kaum noch Luft bekam.

„Nun stell dich bloß nicht so an, du dreckiger Bengel!", keuchte dann auch sie atemlos und überließ ihn seinem Gefühl der Beschämung, das ihn seither nicht mehr verlassen hatte.

Erst in jüngerer Zeit, nachdem er sich in Therapie begab, begann er zu verstehen, was damals mit ihm geschehen war.

Nachdem er sich jetzt abgebraust hatte, zog er sich rasch an, denn über Nacht war es deutlich kühler geworden. Doch ihn fröstelte es nicht nur aus diesem Grund. Dies hatte eher mit seiner Mutter zu tun, das wusste er.

Als am Tag zuvor die Tüte mit Inhalt in der Nähe seines Hauses gefunden wurde, da wäre ihm beinahe schlecht geworden vor Aufregung. In dem Moment hatte ihn die Vorstellung überkommen, *er* habe *seine Mutter* dort abgelegt! Das stimmte zwar nicht, aber er war nah dran gewesen damals. Ja, er hatte damals tatsächlich ihren Tod herbeigesehnt!

11.

Anna Wiegand klopfte grübelnd mit dem Kugelschreiber gegen ihre Zähne, als ihr Mitarbeiter Thomas Herbers hereinkam.

„Was überlegst du?" Er stand mit einem Arm voller Akten neben ihrem Schreibtisch und sah sie erwartungsvoll an. „Ich sehe geradezu die Gedanken in deinem Kopf kreisen!"

Anna stand auf, ging zum Fenster und schaute hinaus, bevor sie nachdenklich sagte: „Ich weiß nicht, dieser Wahlkes geht mir nicht aus dem Kopf! Irgendetwas ist nicht ganz koscher mit dem!" Sie drehte sich zu Herbers um. „Thomas, ich will alles über den wissen! Über seine Vergangenheit und was er jetzt macht, hörst du? Ich glaube zwar nicht, dass er unser Täter ist, aber irgendwas gibt es da zu klären! Das hab ich im Urin! Kannst du das übernehmen?"

Eilig schnappte sie sich ihre Jacke von der Stuhllehne. Im Hinauslaufen rief sie ihm zu: „Bin bei der Gerichtsmedizin, wenn was ist!", und war auch schon weg.

„Nur noch eine Kondenswolke, typisch!", stöhnte Thomas. „Aber der Herbers macht das schon!" Dabei hätte er sich gerne mal mit ihr ausgetauscht und ihre Ansicht über den Mord gehört. Denn daran, dass es Mord war, war jetzt wohl nicht mehr zu zweifeln, nachdem man weitere Leichenteile einer jungen Frau in dem schwarzen Plastiksack gefunden hatte.

Anna betrat den Keller des Krankenhauses, der vorübergehend für die Obduktion des Leichenfundes reserviert worden war. Ihre Werkzeuge hatte sie mitgebracht.

„Gibt es inzwischen Gewissheit über die Identität der Frau?" Sie schaute die Gerichtsmedizinerin Vera Lammers, die nun von ihrem Mikroskop aufblickte, gespannt an.

„Nun, ich kann es bisher nur zu 90 Prozent bestätigen, es fehlen noch ein paar Ergebnisse", meinte sie zögernd, „doch falls Sie ihr diesen Gegenstand sicher zuordnen können …", sie griff in eine Schale und hielt Anna einen Ring vors Gesicht. „Den wird es so schnell kein zweites Mal geben, denke ich!"

Neugierig trat Anna näher und besah sich den Ring. „Tatsächlich, ganz sicher ein Einzel-, vielleicht ein Erbstück! Danke! Kann ich ihn mitnehmen? Ich werde die Eltern darauf ansprechen!"

Lammers nickte und vermerkte dies auf einer Liste, die sie Anna zur Unterschrift hinüberreichte.

„Ich werde Ihnen den Bericht sobald als möglich rüberschicken!"

12.

Bevor Anna nach Hammerdingen fuhr, um sich mit Karlas Eltern in Verbindung zu setzen, hörte sie sich noch Herbers Bericht und seine Erkenntnisse über den Bärtigen an:

„Der Vater hat die Familie verlassen, als das Kind 5 Jahre alt war. Der Junge versuchte mit 12 Jahren, von zuhause abzuhauen, wurde aber schnell wieder eingefangen. Er beschuldigte seine Mutter daraufhin des Missbrauchs, dies war aber laut Jugendamt eher der Versuch, sie loszuwerden. Das von der alleinerziehenden Mutter als schwierig bezeichnete Kind lebte schließlich noch bis zu seinem 18. Lebensjahr weiter bei ihr. Laut ihrer Aussage wollte er sie einmal gar vergiften, das war kurz, bevor er auszog. Doch gab es keinerlei Nachweise dafür, und so beließ man es dabei."

Herbers holte Luft: „Also wenn du mich fragst, dann spricht das schon für ihn als Täter! Wenn da irgendwas dran ist an dem Missbrauchsvorwurf, dann hätte er ein verdammt starkes Motiv, findest du nicht?"

Als Anna nicht antwortete, setzte er schließlich leicht verunsichert seinen Bericht fort.

„Also, während seiner beruflichen Tätigkeit als Bankangestellter kam es dann auch noch zu einem traumatischen Geschehen für ihn, bei dem er kurzerhand in Geiselhaft genommen wurde. Dabei hätten die Täter ihn sogar beinahe hingerichtet. Von diesem Vorkommnis hat er sich nie wieder erholt. Er wurde schließlich vorzeitig in Rente geschickt, weil er, wegen seiner häufigen Angstzustände den Dienst nicht mehr verrichten konnte."

„Danke Thomas!", dann werde ich mich jetzt mal auf den Weg nach, wie heißt dieses Kaff noch? Hammerdingen? Also nach Hammerdingen machen. Keine schöne Aufgabe! Du hältst solange die Stellung? Weißt ja, wie du mich erreichen kannst!"

Und schon wieder sah sich Thomas Herbers alleingelassen.

13.

Er glaubte, seinen Augen nicht zu trauen, als ihm
an diesem Morgen sein eigenes Konterfei aus der
Zeitung entgegenblickte.
Rein äußerlich saß er regungslos da, während in
ihm drinnen ein heftiger Sturm zu toben begann.
Schließlich sprang er von seinem Stuhl hoch und
lief unruhig in seiner kleinen Wohnküche auf und
ab. Hin und wieder schlug er mit der geballten
Faust gegen die Flurtüre, so dass es dumpf krachte.
Dann schnappte er sich das Zeitungsblatt erneut,
um genauer nachzulesen: „Wer kennt diesen Mann
auf der Phantomzeichnung … er könnte ein wichti-
ger Zeuge sein!"
Ein Zeuge!
„…bittet die Polizei um Hinweise … Der Mann
wird gebeten, sich umgehend bei der Polizei zu
melden!"
„'Nen Teufel werde ich!" Schon begann er wieder
mit seiner Runde, stoppte dann aber jäh und setzte
sich bedächtig auf seinen Stuhl.
„Langsam, Junge, nun mal ganz ruhig! Du musst
dir das sehr genau überlegen, darfst jetzt keinen
Fehler machen!", führte er das Selbstgespräch fort.

Eine geraume Zeit blieb er nachsinnend dort sitzen,
bevor er endlich zufrieden schien.
Dann erhob er sich energisch, schnappte sich seine
Taschenlampe, die anscheinend immer griffbereit
dalag und begab sich über eine hölzerne Stiege

hinab in den Keller. Unten öffnete er die Türen eines großen schweren Kleiderschrankes, räumte einigen Plunder samt Kleiderbügel an die Seite und stieg in den Schrank. Schnell löste er die Befestigung der Rückwand und schob sie zur Seite, so dass eine Öffnung sichtbar wurde. Bevor er sich aber selbst dort hindurchzwängte, verschloss er sorgfältig die Schranktüre von innen mit einem Schieber und hängte die Kleiderbügel wieder davor. Anschließend verschwand er durch die Hinterwand des Schrankes in dem Loch, welches er wiederum genauestens hinter sich verschloss, so dass es dort, im Schrank, nicht mehr zu erkennen war.

14.

Anna hatte sich von Wachtmeister Lützow in Hammerdingen die Adresse der Eltern Karla Krügers geben lassen und war nun auf dem Weg zu ihnen.

Auch wenn sie versuchte, sich innerlich darauf vorzubereiten, so wusste sie doch aus Erfahrung, dass dies nur schwer möglich war. Selbst die beste Schulung konnte wohl kaum diesen unermesslichen Schmerz lindern, den die Angehörigen bei einer derartigen Eröffnung erfuhren.

Doch sie wollte diese Menschen zumindest nicht noch länger einer quälenden Ungewissheit aussetzen. Es so einfach und schnell wie möglich auszusprechen wäre das Beste.

Den Schmerz darüber würde sie ihnen sowieso nicht nehmen können.

Schon erreichte sie das Haus, hier musste es sein! Als sie aus dem Auto stieg, vermeinte sie eine Bewegung hinter der Gardine wahrzunehmen. Sie hatten sie wohl bereits gesehen.

Tief sog Anna die Luft ein, bevor sie klingelte.

Der Mann öffnete augenblicklich die Tür.

„Ich bin Kriminalhauptkommissarin Anna Wiegand!", stellte sie sich vor und hielt ihm ihre Karte vors Gesicht.

„Darf ich bitte hereinkommen, ich möchte mit Ihnen über ihre Tochter sprechen!"

Sie sah in sein vom Schmerz gezeichnetes Gesicht

und ihre Stimme nahm einen sanften Klang an. „Ist ihre Frau auch zuhause?"

Er nickte nur und führte sie in einen Raum, anscheinend das Wohnzimmer, und machte eine Handbewegung zum Sessel.

In diesem Moment kam auch seine Frau durch die Tür und blickte die Kommissarin ängstlich an.

Schnell meinte Anna: „Lassen wir uns hinsetzen! – Ich brauche Ihre Hilfe!" Sie wartete kurz ab, bevor sie fortfuhr: „Wir haben einen Ring gefunden . . ." Sie kramte in ihrer Jackentasche. „Erkennen Sie den?" Sie streckte den Krügers ihren Arm mit dem Ring auf der Handfläche entgegen und beobachtete deren Reaktion darauf.

Der Mann schaute unsicher zu seiner Frau hinüber, die aber sprang sofort auf und fragte atemlos: „Wo, wo haben Sie den her? Ja sicher, das ist Karlas Ring, kein Zweifel!", und begann zu weinen.

15.

Gerade war Anna wieder in ihr Auto gestiegen, hatte den Wagen gestartet und war rasch losgefahren. Doch kaum war sie um die Ecke gebogen, da hielt sie auch schon wieder an und legte ihren Kopf aufs Lenkrad. Es war immer wieder furchtbar schlimm und nahm sie jedes Mal total mit. Vor Ort konnte sie sich beherrschen, da ließ sie sich nichts anmerken, doch, sobald sie unbeobachtet war, tat sie sich keinen Zwang mehr an. So konnte sie den Spagat zwischen Empathie und schützender Gefühllosigkeit am besten bewältigen.

Sie hatte den Eltern die notwendigsten Details erklärt und auch noch eine Haarbürste von Karla zum DNA-Abgleich mitgenommen. Nun würde sie alles daransetzen, den wahren Täter ausfindig zu machen! Und bei so etwas hatte sie schon immer ein gutes Gespür bewiesen.

Vor ihrer Abreise steuerte sie ihren Wagen noch einmal zum Polizeirevier Hammerdingen, um auch die beiden netten Kollegen Lützow und Perthes zu informieren. Dann fuhr sie zurück.

Thomas Herbers erwartete sie bereits.

Inzwischen waren bei ihm so einige Anrufe eingegangen, die sich alle um das Phantombild drehten. Aufgeregt berichtete er Anna von seinen bisherigen Notizen.

„Der Wahlkes hat ihn anscheinend richtig gut beschrieben, das muss man ihm lassen! Ein paar Leute erkannten ihn daraufhin gleich! Und, es kommt noch besser!" Seine Stimme klang jetzt beinahe triumphierend: „Sie konnten sogar sagen, wo der wohnt!"

Sein Eifer forderte Anna ein Lächeln ab. „Dann wirst du ja sicher gern mal mit mir dort vorbeischauen, nicht wahr?"

„Ja klar!", er schien begeistert.

Nun ließ sich Anna von ihrem Kollegen kutschieren, der das sichtlich genoss.

Doch als sie vor dem kleinen, alten Häuschen in direkter Waldnähe ankamen, schien alles verlassen zu sein. Auch als sie klingelten und zudem noch kräftig an die verschlossene Tür klopften, rührte sich nichts.

Sogar das Törchen des, von einer Mauer umgebenen Gartens, war abgesperrt.

„Ich lenk ihn mal ab, falls er doch da drinnen ist, und klingel noch mal vorne!", flüsterte Anna und schickte Thomas ein aufmunterndes Augenzwinkern hinüber.

Kurz danach hievte der sich auch schon behände über das Tor in den Garten hinein.

Anna machte vorne an der Haustüre noch mal kräftig Lärm, danach trat sie ein paar Schritte zurück und beobachtete die Hausfront. Aber es tat sich nichts.

Schließlich tauchte auch Thomas wieder ergebnislos und leise fluchend bei ihr auf.

Ohne Durchsuchungsbeschluss würden sie hier heute nichts mehr erreichen.

16.

„Wenn du mich fragst, der Garten ist ideal – total zugewuchert und so. Also, wenn man irgendetwas verschwinden lassen will …"

„Wir brauchen was Handfestes, Thomas, sonst kriegen wir den Beschluss nicht!

Hm. Gibt es größere Kinder, oder besser noch Jugendliche in der näheren Umgebung? Würdest du dich da vielleicht mal umhören?

Frag rum, ob denen irgendetwas aufgefallen ist! Und sie sollen die Augen weiterhin offenhalten, aber nichts unternehmen – nur beobachten und uns dann melden!"

Thomas machte sich eifrig Notizen.

„Schon was von den Kollegen aus Hammerdingen gehört, haben die etwas herausgefunden? Ich hatte ihnen aufgetragen, Karla Krügers Spuren in der Tanzkneipe und weiter zu verfolgen! Vor allem, ob dieser Typ, den wir suchen, auch dort aufgetaucht ist damals. Wir brauchen Zeugen, dann können wir sicher auch bald eine Hausdurchsuchung machen! – Wüsste zu gern, wie es bei dem aussieht!

Für heute muss Schluss sein, Thomas, habe noch etwas zu erledigen – aber du weißt, wie du mich erreichst!"

Den letzten Satz hatten sie gemeinsam im Chor gesprochen und grinsten sich amüsiert an.

17.

Er hatte das Geschehen von drinnen mitverfolgt und sich dann wieder in dem geheimen Kellerraum verborgen, falls die es wagen sollten, in sein Haus einzudringen. Nun wusste er, dass sie ihm auf den Fersen waren und es nicht mehr lange dauern konnte, bis sie wiederkämen.

Für einen flüchtigen Besuch könnte er sich immer verstecken, doch falls sie einen Durchsuchungsbeschluss hätten, dann würden sie alles entdecken. Alles, was er sich, im wahrsten Sinne des Wortes, so mühsam aufgebaut hatte.

Den verborgenen Bunker, den er für seine Opfer mit allem vorbereitet hatte, damit er möglichst lange Freude an ihnen hatte. Sorgfältig alles bedacht, um Entdeckung zu vermeiden.

Als er jetzt wieder durch das Loch in den fensterlosen Raum hineinkroch, schaute er sich noch einmal prüfend darin um.

Er war stolz auf diese Anlage! Schallisoliert und mit einer Lüftung versehen. Bett, Tisch, Stuhl, Licht – beinahe wohnlich! Er grinste, als er sich wieder zusammen mit der widerspenstigen Karla auf dem Bett sah.

Toilettenkübel, Waschschüssel, Wasserflasche, Handtuch . . . alles Wichtige war vorhanden.

Jetzt prüfte er zum wiederholten Mal und sehr genau, ob es noch irgendwelche verräterischen Gegenstände oder Spuren gab.

Betrübt sah er sich um. Ob er sein Objekt wohl jemals wieder nutzen konnte?

Als die Nacht anbrach, machte er sich auf den Weg.

Rasch packte er eine kleine Reisetasche mit dem Notwendigsten zusammen und setzte sich eine dunkelbraune Perücke, sowie eine gleichfarbige Hornbrille auf. Der beige-braune Anzug vervollständigte sein Outfit, mit dem er nun völlig anders wirkte als zuvor. Wer es nicht wusste, würde ihn nicht wiedererkennen.

Aber diese Maskerade war ja notwendig, schon wegen des Phantombildes!

18.

Wegen diesem kamen bei der Polizeiwache auch mehr und mehr Anrufe herein. Jetzt konnten sich doch einige der Besucher der kleinen Kneipe wieder an ihn erinnern, so dass sich das Bild immer mehr vervollständigte.

Auch die Jungs von seiner Straße, die abwechselnd an den Fenstern Wache geschoben hatten, machten tatsächlich eine wichtige Beobachtung.

Sie kamen schon am Folgetag des vergeblichen Besuchs von Anna und Thomas in der Wache vorbei.

Am besagten Abend hatten sie nach Einbruch der Dunkelheit eine männliche Gestalt aus dem Haus treten und weggehen sehen, die sie sehr genau beschreiben konnten.

Leider erreichte Anna dieser Bericht erst am nächsten Tag, so dass sie einen unterdrückten Fluch ausstieß.

Die Halbwüchsigen bekamen trotzdem die versprochene Belohnung.

Sofort wurde die Beschreibung verdeckt an alle Streifenwagen, alle anderen Verkehrsmittel und an die Nachbargemeinden weitergegeben.

Sie mussten schnellstens fahnden, doch er sollte sich weiterhin sicher fühlen und nichts davon ahnen. Ansonsten setzte er sich möglicherweise auf Nimmerwiedersehen ab. Dann würde er sein Werk irgendwo anders fortsetzen, da war sich Anna sicher.

Also wurde die ganze Maschinerie in Gang gesetzt, Überwachungskameras überprüft, Leute befragt usw., bis tatsächlich auf einem Bahnhof eine Aufnahme von ihm entdeckt wurde.

Als sie vor Ort eintrafen, war er jedoch urplötzlich wie vom Erdboden verschwunden. Wie konnte das? Er war erneut irgendwo untergetaucht.

19.

Richard Wahlke machte sich Sorgen.

Der Leichenfund in direkter Nähe seines Hauses gab ihm zu denken. Dieser Mensch hatte die Körperteile erst vor kurzem, erst nach dem Auffinden der skelettierten Hand hier vergraben – was sollte das? Wollte der ihm da etwas in die Schuhe schieben?

Es sah ganz danach aus!

Misstrauisch ging der Bärtige seinen Grund noch einmal ab. Diesmal achtete er auf jede Kleinigkeit und trug alles penibel genau auf einem, eigens dafür von ihm angefertigten, Plan auf.

Schließlich wurde er tatsächlich fündig. Dort, wo der Garten beinahe unbemerkt in den Wald überging, hart an der Grundstücksgrenze, wäre er beinahe in den lockeren Waldboden eingesunken. Verwundert stach er mit dem Spaten ein paarmal überprüfend in die Erde, und musste feststellen, dass sie nachgab.

Da fing er an zu graben. Sofort sackte die Erde ab, als sei dort ein Hohlraum entstanden, der sich erneut zu füllen suchte. Ein furchtbarer Verdacht überkam Wahlke.

Kräftig fing er an, die Erde auszuheben, bis er erschreckt innehielt.

Hastig nestelte er darauf sein Handy aus der Tasche und rief die dort erst vor kurzem eingespeicherte Nummer der Kommissarin an.

Danach begab er sich zum Haus und begann, den bislang vernachlässigten Keller einer gründlicheren Durchsuchung zu unterziehen.

Jetzt wollte er es genau wissen! Wer ahnte schon, was es hier sonst noch zu finden galt.

Er hatte dieses Haus vor einigen Jahren günstig über eine Wohnungsbaugesellschaft erworben, und es war genau das, was er zu jenem Zeitpunkt gesucht hatte. Ein Platz, um zur Ruhe zu kommen, sich zu erholen von der Gewalt, die ihm damals angetan worden war.

Und nun musste er feststellen, dass dies ein Platz für die Toten war. Nur: War er das schon damals, oder wurde er erst jetzt dazu gemacht?

20.

Er hatte es geschafft, war seinen Verfolgern gerade noch entwischt! Nun musste er sich erst mal eine Weile still verhalten, konnte sich da draußen nicht sehen lassen. Zumindest solange nicht, bis sich alles beruhigt hatte und die „Truppen" abgezogen wurden. In diesem, seinem zweiten Unterschlupf, war alles auf solch einen Ernstfall vorbereitet. Dafür hatte er bereits frühzeitig gesorgt. Man musste vorausdenken, wenn man überleben wollte!
Sein Mund verzog sich zu einem verächtlichen Grinsen. Sie sollten ihn mal nicht unterschätzen!

Und dieser Bärtige mochte sich auch noch wundern, dem würde noch Hören und Sehen vergehen! Er kicherte belustigt in sich hinein.
Das einzige, was ihm jetzt fehlte, war das Mädchen.

Aber inzwischen täte es auch irgendeins! Liebend gerne hätte er sich ja sogleich auf die Jagd gemacht, doch das musste warten. Er war ja vernünftig und konnte sich eine Weile beherrschen.

Es sei denn …

21.

Anna und Thomas machten sich unverzüglich zu
Wahlkes auf, als dessen Anruf kam. In ihrem Gefolge der gesamte Tross der Spurensicherung.
Letztere bargen den Inhalt des weiteren Grabes, dabei kamen die Überreste eines weiblichen Leich-
nams zutage.
Die Kommissare suchten gemeinsam mit Wahlkes
auch dessen Kellerräume auf verdächtige Spuren
ab.
Als sie zudem noch erfuhren, dass das Haus einmal
von dem jetzt Gesuchten gemietet worden war, ließen sie sich dabei von weiteren geschulten Kräften
unterstützen. Dabei wurden Baupläne zu Hilfe genommen, Wände und Böden abgeklopft etc., bis sie
schließlich tatsächlich auf einen Hohlraum stießen.

Die Spannung lag wie Elektrizität in der Luft, doch
bevor sie Funken schlagen konnte, hatten sich die
Leute bereits einen Zugang verschafft, und es trat
augenblicklich Stille ein.
Was da sichtbar wurde und außerdem zu riechen
war, verschlug selbst den erfahrensten Leuten die
Sprache sowie ihren Atem. Sie hielten entsetzt die
Luft an und schlugen Hände, Taschentücher, irgendeinen Stoff vor Nase und Mund! Eine Wolke
des entsetzlichsten Duftes entwich aus dem jahre-
langen Gefängnis, um Zeugnis zu geben von bisher
unentdeckten Gräueltaten.
Inzwischen hatten ihre Kollegen auch Namen und
Adresse des Gesuchten herausgefunden: Wolfgang

Neumann. Ebenso erfuhren sie von seiner Neigung, ihn und sein Aussehen des Öfteren zu wechseln, um seine Spuren zu verwischen.

Mit diesen Informationen konnten sie nun auch endlich einen Durchsuchungsbefehl für Haus und Garten des Gesuchten bekommen.

22.

Er las es in der Zeitung, die er sich am Vormittag besorgt hatte, und erschrak. Sein Plan war damit gründlich schiefgegangen. Statt den Verdacht, zumindest kurzzeitig, von ihm wegzulenken, hatte es nun wiederum alle Aufmerksamkeit auf ihm versammelt. Die Jagd wurde ernst.

Wolfgang Neumann ließ die Zeitung sinken.

Es gab eine Zeit, in der er ernsthaft versucht hatte, seinem Hang zu widerstehen, denn er war damals bis über beide Ohren verliebt. Und er wollte alles tun, um mit der Frau glücklich zu werden! Ein ungewohnter Schmerz durchfuhr ihn, als er an diese Momente zurückdachte.

Es schien alles eine Ewigkeit her zu sein.

Verdiente nicht auch er ein ganz normales Dasein, und nicht das eines Ausgestoßenen?

Stattdessen nahm sein Leben diese Wendung ins Unheil.

Er starrte vor sich hin, bis eine Frau nach der anderen in der Erinnerung vor ihm auftauchte. Vorwurfsvoll starrten ihn alle aus ihren toten Augen an, zeigten mit den Fingern auf ihn, bis er sich abwandte. Doch das nutzte nichts, denn sie blieben vor seinem Blick, er wurde sie nicht los, ja, sie begannen, ihn regelrecht zu verfolgen, selbst wenn er die Augen schloss. „Weg, weg, weg!"

Plötzlich sprang er auf. „Was wollt ihr von mir? Ihr seid es doch selber schuld!"

Und er verspürte noch einmal den wunden Schmerz, der ihn überflutet hatte und so wehrlos zurückließ. Damals überkam ihn diese hilflose Wut, eine Wut, die der Anfang von allem war.

Auch jetzt wieder verspürte er sie, so dass er aufsprang und seine Faust schüttelte. „Nein!" Er wollte ihnen schon zeigen, was es hieß, ihn derart bloßzustellen oder zu ignorieren, und das ganz bald! Dieses eine Mal noch, und dann sollten sie doch kommen und ihn holen!

Mit einem Mal wurde er ganz ruhig.

23.

Mittlerweile waren auch sein Haus und der verwunschene Garten einer genauen Durchsuchung durch die Polizei unterzogen worden.

Vorläufig verschwieg man der Öffentlichkeit die weiteren Erkenntnisse noch, behielt das Wissen um den geheimen Raum und das jetzt leere Grab im Garten zurück. Man wollte die Menschen nicht noch mehr in Aufruhr und Schrecken versetzen.

Das hatte Zeit, bis sie den Mann dingfest machen konnten. Aber das hoffentlich recht bald und bevor Weiteres geschah!

Doch ihre Hoffnung zerschlug sich, als schon am nächsten Morgen eine weitere Vermisstenmeldung eintraf. Wieder eine junge Frau, deren Eltern in hellster Aufregung auf der Wache jener Gegend erschienen waren, in der der Flüchtige zuletzt gesehen worden war.

Sofort machten sich Anna Wiegand und Thomas Herbers auf den Weg, um sich vor Ort ein Bild zu machen und die Ermittlungen von dort aus weiterzuführen.

24.

Sie waren ihm jetzt dicht auf den Fersen.

Er, der gesuchte Mörder, ihnen aber immer noch einen Schritt voraus.

Wolfgang Neumann war müde. Ihm verging die Freude an den immergleichen Handlungen. Was sollte dieses Leben in der Finsternis? Allein und ungeliebt, ganz ohne Perspektive?

Diese Gedanken waren neu und verunsicherten ihn. Wie lange wollte er sich hier noch verkriechen wie ein gejagtes Tier? Er sehnte sich doch so sehr nach …, ja wonach eigentlich? Lange grübelte er vor sich hin, bis er schließlich die Arme um sich schlang und zu schluchzen begann.

Die junge Frau, die vor ihm auf dem Boden lag, wagte nicht, sich bemerkbar zu machen.

Ängstlich beobachtete sie jede seiner Bewegungen. Dabei liefen auch ihr die Tränen übers Gesicht, da sie für sich das Schlimmste zu befürchten hatte, wie sie ja aus den Zeitungsberichten wusste.

Als sich der Mann schließlich erhob und ihr zuwandte, begann sie unkontrolliert zu zittern.

„Steh auf!", er fasste sie unter den Arm und zog sie hoch. Seine Stimme klang ganz ruhig.

„Komm mit!" Sie konnte es nicht fassen, als er mit ihr zusammen das Haus verließ und sie auf den Beifahrersitz eines Autos verfrachtete. „Bleib sitzen!" Jetzt, jetzt musste sie fliehen! Doch sie blieb sitzen, wie angeklebt und konnte sich vor Furcht nicht rühren, während er sich ans Steuer setzte und losfuhr. Ihre Chance war vertan. Als sie sich aus ihrer Starre

löste und versuchte, die Türe zu öffnen, um wo-
möglich noch herauszuspringen, merkte sie, dass
die verschlossen war.

Die Straßen menschenleer und dunkel, es war mitten in der Nacht, als sie anhielten.

Er schaute sie an. „Du zählst jetzt bis zehn, und
dann drückst du tüchtig auf die Hupe, verstanden?"
Sie schaute ihn verständnislos an. „Hast du gehört?", er sah sie nachdrücklich an. „Hast Glück gehabt!" Mit diesen Worten stieg er aus dem Wagen
und verschwand in der Dunkelheit.

Verdattert schaute sie ihm hinterher. Erst dann bemerkte sie, dass er den Wagen vor der Polizeista-
tion abgestellt hatte.

Da ging ein Ruck durch ihren Körper und sie
drückte mehrmals kräftig auf die Hupe.

25.

Zur selben Zeit hatten die Ermittler sein Versteck ausfindig gemacht, es jedoch verlassen vorgefunden. Als sie über Funk von der Rettung der Vermissten erfuhren, konnten sie aufatmen. Doch wo war der Täter, und was hatte ihn veranlasst, sein Opfer freizulassen? Was hatte er jetzt vor?
All dies schwirrte auch Anna durch den Kopf. Sie ahnte bereits, worauf das hinauslaufen würde, denn etwas hatte den Mörder von seinem sonstigen Vorgehen abgebracht.
Die Aussage des Opfers deutete bereits auf ein tragisches Ende für den Täter hin. Und tatsächlich:
Am folgenden Tag wurde seine Leiche am Ast eines Baumes im Wald gefunden.
Sein Leben schien ihm nicht mehr lebenswert gewesen zu sein.

Moormörder

Er hatte das nicht gewollt.
Doch sie ließen ihm keine Ruhe, bis er sich nicht
mehr anders zu helfen wusste
und sie schließlich in den Sumpf schickte.

1.

Kaum, dass sie ihr neues Zuhause bezogen hatten,
ging es schon los.

Sie waren noch nicht einmal ganz eingerichtet, da
geriet der Schulgang für ihn wiederum zum tägli-
chen Spießrutenlauf.

*Der Fabian, der gar nix kann, der wird auch nie-
mals nicht ein Mann!* So hallte es in seinen Ohren
wider, während er für gewöhnlich seine Füße in die
Hand nahm und nach Hause rannte.

„Was hast du denn nun schon wieder gemacht?",
herrschte der Vater ihn heute an. „Sein zornrotes
Gesicht zeigte dem Jungen, dass dessen Geduld
ausgeschöpft zu sein schien.

„Nnix hhab ich gemacht! Ggar nix! Die haben
mmich einfach . . ."

„Immer sollen es die andern gewesen sein!",
schnaubte der. „Du glaubst doch wohl nicht, dass
wir noch einmal umziehen werden. Das war jetzt
das letzte Mal. Du musst endlich sehen, wie du mit
den anderen klarkommst! – Hast du das verstanden?" Der Vater baute sich bedrohlich vor ihm auf
und schaute ihm, Antwort heischend, direkt ins Gesicht.

Fabian senkte den Kopf und nickte stumm.

Dann ging er ins Haus.

Auf dem Herd in der Küche fand er den Rest eines Gemüseauflaufs, den er in der Pfanne aufwärmte und sich danach auf seinen Teller schob. Dann nahm er ihn und setzte sich damit an den Tisch am Fenster. Doch statt zu essen, stocherte er nur lustlos darin herum. Sein Vater arbeitete derweil draußen weiter, und während Fabian ihn dabei beobachtete, wischte der Junge sich mit dem Ärmel seiner Jacke eine Träne aus dem Gesicht.

Mutter hätte ihn jetzt in den Arm genommen „das wird schon wieder! Alles wird gut!" und ihm über den Kopf gestreichelt. Er sehnte sich so sehr nach ihr! – Ob er jemals wieder heile würde?

Fabian schob den Stuhl mit einem Ruck zurück und leerte seinen Teller in den Abfalleimer. Er wusste, gleich würde der Vater hereinkommen – er war anscheinend schon informiert – und dann musste er ihm erklären, was vorgefallen war.

Er wollte endlich mal dazugehören, wie früher akzeptiert werden von den anderen. Stattdessen wurde er immer nur wegen seiner Stotterei gehänselt. Und wenn es wenigstens dabei geblieben wäre. Doch die Späße auf seine Kosten wurden immer rauer. Irgendwann hielt er es nicht mehr aus und beschloss, sich etwas auszudenken. Er wollte ihnen zeigen, dass er mehr draufhatte, als sie glaubten. Dass er sich durchaus zu wehren verstand und ein ernstzunehmender Partner, oder notfalls auch Gegner war.

Fabian schrak hoch. Draußen fuhr ein Auto vor. Kamen sie etwa schon, um ihn zu holen?

Ein Mann stieg aus dem Wagen und ging auf seinen Vater zu. Tatsächlich, Fabian erkannte in ihm seinen Lehrer. Die beiden Männer begrüßten sich und redeten aufgeregt miteinander, während sie hin und wieder bezeichnende Blicke aufs Haus warfen. Der Junge lugte vorsichtig von der Seite durchs Fenster. Was würde jetzt mit ihm geschehen? Wäre es vielleicht besser zu flüchten?

Da, nun kamen die Männer aufs Haus zu. Ihm begannen die Knie zu schlottern. In aufkommender Panik sah Fabian sich um, er musste weg, und zwar schnell! Er nahm sich einen Kanten Brot und den letzten Apfel, schnappte sich seine Jacke und verschwand durch die Hintertür. Dann lief er, so schnell er konnte, in Richtung Moor.

Erst als einige Büsche ihm Deckung gaben und er vom Haus aus nicht mehr auszumachen war, verlangsamte er seinen Schritt und verschnaufte schweratmend. Langsam ging er weiter und weiter den Weg entlang, bevor er, wie in den Tagen zuvor, abbog und sich noch einmal vergewisserte, dass er die richtige Abzweigung nahm.

Diesen Weg hatte er auch den beiden Jungs, die ihn wegen seiner Stotterei gemobbt hatten, genau beschrieben.

Aber dann waren sie nicht zurückgekehrt.

2.

Sicher wollten Jan und Ole ihm nur eins auswi-
schen, ihm einen Streich spielen, ihm Angst einja-
gen.
Das war ihnen ja echt gelungen!
Aber wenn ihnen nun etwas passiert war?

Während Fabians Gedanken sich die schlimmsten
Sachen ausmalte, die seinen Schulkameraden zuge-
stoßen sein könnten, wurde sein Schritt immer
schneller. Er wollte nachschauen, wo sie abgeblie-
ben waren.
Wieso waren sie nur bis zum Mittag nicht zurückgekehrt? Zeit genug hatten sie doch gehabt.
Es musste ihnen etwas passiert sein! Langsam begann er, panisch zu werden, so dass er jetzt wie ein
gejagter Hase daher hetzte.
So mit seinen Gedanken beschäftigt, bemerkte er
die beiden Männer vor ihm auf der Lichtung erst,
als sie ihn bereits erblickt hatten.
Sein Schritt stockte, und er wollte instinktiv um-
kehren, als der eine ihn anrief: „Halt! Bleib mal stehen, Kleiner!"
Fabian trat unruhig von einem Fuß auf den anderen,
doch da war der Kerl auch schon bei ihm und griff
nach seinem Arm.
„Au! Was wwollen Sie, lassen Sie mich los!" Er
suchte sich zu befreien, doch die Hand umschloss
seinen Oberarm unerbittlich.
„Du bleibst hier, Bürschchen! Setz dich da hin!" Er
drückte ihn auf den Boden.

Jetzt erst schaute sich Fabian um und bemerkte den Karren, der dort, nahe des Wassers, im Morast steckte. Es erschloss sich ihm nicht, was es damit auf sich hatte, denn er war leer. Sie hatten ihre Last wohl schon abgeladen – oder was wollten sie hier mitnehmen?

Es war seine Lichtung, wo auch etwas versteckt der marode Hochsitz stand, auf dem Fabian die Schatzkiste für die Jungs deponiert hatte.

Die fremden Männer standen in dessen Nähe und flüsterten miteinander, während der eine ärgerlich zu gestikulieren begann.

Der Junge strengte sich an, von dem Gesagten etwas aufzuschnappen, doch es drangen nur Satzfetzen an sein Ohr.

„. . . wohl verrückt! . . willst du . . . Bau?"

„Wir . . . müssen . . ., sonst . . ."

Immer wieder warfen sie dabei Blicke zu ihm, der sich nicht traute, sich vom Fleck zu bewegen. Fabian wurde es fürchterlich mulmig.

Schließlich kamen sie rüber zu ihm. „Hey, Jungchen, wir werden dich kurz fixieren, damit du uns nicht abhaust. Müssen noch mal kurz weg, aber sind gleich wieder hier. Also, sei jetzt schön brav und rühr dich nicht von der Stelle!" Eh er sich´s versah, waren seine Hände um einen jungen Baum gebunden, so dass er nicht mehr von der Stelle kam.

„Wwas soll das? Mmachen Sie mmich sofort los!" All sein Rufen war zwecklos, schon waren sie zwischen den übrigen Bäumen verschwunden und ließen ihn allein zurück. Und er wusste nicht, ob sie je wiederkamen.

Doch noch bevor die Stille Platz genommen hatte, sprangen plötzlich Jan und Ole oben vom Hochsitz über die Leiter herunter, auf den überraschten Fabian zu und zerrten an seinen Fesseln. Ole nestelte ein Taschenmesser aus seiner Hose und durchtrennte hastig das Band. „Los, los, wir müssen hier weg, bevor sie wiederkommen!" Schon zerrten sie ihn mit sich. Nichts war mehr von ihrem höhnischen Auftreten ihm gegenüber zu bemerken. Auch Fabian spürte, dass es ernst war.

Erst, als sie sich ein großes Stück von diesem Ort entfernt hatten und, wie sie glaubten, nicht mehr

Gefahr liefen, von den Männern eingeholt zu werden, blieben sie stehen, um zu verschnaufen.

„Die wollten dich umbringen und im Moor versenken, genau wie die Frau vom Karren! Die haben sie auch einfach ins Wasser rutschen lassen!", flüsterte Jan mit heiserer Stimme und schaute dabei ängstlich über seine Schulter zurück. „Kommt weiter, wir müssen das melden!"

„Ja, die müssen nach der Leiche suchen, vielleicht finden sie sie noch!", führte Ole fort und setzte sich wieder in Gang, bevor der verdutzte Fabian noch nachfragen konnte.

Doch plötzlich stutzten die drei – und stoben erschrocken auseinander, als sich ihnen von hinten mit aufheulendem Motor und großer Staubwolke ein Fahrzeug näherte.

Auch Fabian hechtete zur Seite und schlug sich in die Büsche. Panisch ließ er sich auf die Knie fallen und robbte auf dem, dank des heißen Sommers, trockenen Boden weiter, bis er in eine Senke rutschte und dort liegenblieb. Er traute sich nicht, seinen Kopf anzuheben, aus Furcht, entdeckt zu werden, horchte nur angestrengt auf die Stimmen der Männer, die da Jagd auf sie machten.

Da! Sie mussten schon mindestens einen der beiden anderen Jungs erwischt haben. Und ihre Stimmen kamen näher!

Fabian begann, am ganzen Körper zu zittern. Er wünschte sich, im Boden zu versinken. Leise suchte er, seinen Leib mit dem umliegenden Moos und den Blättern zu bedecken. Zum Schluss barg er seinen Kopf unter dem Arm und warf noch eine Handvoll Grünzeug über sich. Danach lag er still!

Schritte näherten sich. Fabian hörte das Rascheln des Laubes, Zweige knackten, dann Stille.

Plötzlich, aus kurzer Distanz ein heller Aufschrei und die zufriedene Stimme eines Mannes: „Ha! Ich hab den Bengel erwischt! Jetzt fehlt nur noch einer!"

Vom Weg her meldete sich der andere: „Hey, Jo, beeil dich, wir müssen hier weg! Werden ihn nachher abfangen!"

„Okay, komm gleich!"

Eine ganze Weile noch hörte Fabian in kurzen Abständen das Laub rascheln und wagte nicht, sich zu rühren.

Erst eine gefühlte Ewigkeit später begann er, wie ein Engerling aus der Erde zu krabbeln und sich den Dreck von der Kleidung zu klopfen.
Dann machte er sich auf den Heimweg. Doch das große freie Feld bis zu den Häusern, wagte er erst nach Eintritt der Dämmerung zu betreten.

3.

Immer noch wartete Fabian, im Gebüsch verborgen, auf die Dunkelheit. Doch heute hatte er Pech. In dieser wolkenlosen Nacht stand ein Vollmond am Himmel, der das gesamte Ackerland in verräterisches Schattenlicht tauchte.

Immer wieder hielt er Ausschau nach seinen Verfolgern, die er hinter jedem Busch lauernd, vermutete.

Immer mehr sehnte er sich nach den schützenden Mauern des Hauses mit seinem Vater darin.

Er dachte an Jan und Ole, wo waren sie jetzt? Was planten die Männer mit ihnen, wollten sie sie wirklich umbringen? Und hatten sie heute tatsächlich eine Frauenleiche dort im Moorwasser versenkt? Seine Schulkameraden, die ihn sonst dauernd malträtierten und ärgerten, waren heute so ganz anders gewesen. Kurz kam ihm der Verdacht, dass dies wieder mal einer ihrer gemeinen Tricks sein könnte, doch verwarf er diesen Gedanken ganz schnell wieder. Nein, dies alles hier war ganz wahre, schreckliche Wirklichkeit. Und die Jungs in echter Gefahr! Er musste es schaffen, Hilfe zu holen. Er musste sie retten, so wie sie ihn gerettet hatten!

Entschlossen suchte er mit seinen Augen noch einmal die Umgebung ab. Nichts zu sehen! Plötzlich der Schrei einer Eule Huu-hu-huhuhuhuu in direkter Nähe und ihr lautloser Schatten, der über das Feld huschte. Fabian zuckte zusammen.

Mit jeder Minute, die er hier abwartete, wurde die

Gefahr für die beiden Kameraden größer. Er durfte nicht länger zögern! Am besten suchte er sich eine besonders große Ackerfurche aus, um sich geduckt in ihr fortzubewegen. Zwischendurch immer wieder hinlegen und Ausschau halten! So würde, so musste es gehen. Also los!

Er holte tief Luft und sprintete los. Nach etwa 20 Metern ließ er sich auf die Knie fallen und sichtete die Umgebung. Das wiederholte er ein ums andere Mal, bis er schließlich nur noch rannte, rannte, rannte . . .

Als er das Dorf und das Haus seines Vaters erreichte, schien alles seltsam still. Auch war niemand auf den Wegen zu sehen.

Wo waren die nur alle hin?

Zuhause war abgesperrt, und als er den Schlüssel unter der Holzplanke hervorholte und hineinging, fand er einen Zettel auf dem Küchentisch liegen.

„Junge, wir sind alle im Gemeindesaal bei einer Besprechung. Komm sofort dorthin, wenn du dies liest! Dein Vater"

Auf der Stelle kehrte Fabian um, sperrte die Tür wieder zu und machte sich auf zum Gemeindesaal.

Fast rannte er den gesamten Weg über, und als er endlich die Tür zum Versammlungsort aufstieß, fiel er beinahe vor Erschöpfung hinein.

Alle Köpfe drehten sich abrupt zu ihm um und starrten ihn eine Sekunde lang sprachlos an. Doch dann ging ein Ruck durch die Reihen, und die Leute sprangen ihm zu Hilfe, sein Vater vorneweg.

Kaum schaffte Fabian es, sich in dem allgemeinen Durcheinander der Fragenden trotz seines Stotterns, Gehör zu verschaffen – besonders die verzweifelten Eltern der vermissten Jungen drangen auf ihn ein – bis schließlich der Lehrer ihm zu Hilfe kam.

„Schluss jetzt! Hört einfach zu, was der Bub zu sagen hat!", fuhr er die Umstehenden an.

Sofort legte sich die allgemeine Unruhe und die Leute lauschten den Ausführungen des Jungen bis hin zu seiner, beinahe flehentlichen Bitte nach Hilfe für Jan und Ole. „Die bbringen sie ssonst gganz sicher uum!"

Die Dorfbewohner schauten einander wortlos an, bis einer rief: „Worauf warten wir noch? Lasst uns mehrere Gruppen bilden und uns das Gebiet einteilen!"

„Moment!", ließ sich jetzt auch der Dorfpolizist vernehmen. „Das ist schon recht so, doch alle Informationen laufen bei mir zusammen, hört ihr? Ich werde außerdem die nächsthöhere Dienststelle darüber informieren müssen, die dann die weitere Koordination übernimmt! Und Leute: Nehmt euch in acht, diese Männer sind möglicherweise bewaffnet und haben, wenn die Kinder das richtig beobachteten, bereits jemanden umgebracht und die Leiche verschwinden lassen. Da dürfen selbstverständlich keine Spuren verwischt werden, ist das klar? Ansonsten geht es nur um das Auffinden der Jungs. Dass mir also niemand auf die Idee kommt, eine Waffe mitzunehmen!" Er sah bedeutsam in die Runde, bis die Männer, wenn auch widerwillig, ihr O.K. brummten.

4.

Nachdem er seine Dienststelle informiert hatte, begleitete der „Dorfsheriff" Fabian und seinen Vater bis zu deren Haus, damit der Junge sich noch schnell etwas Proviant mitnehmen konnte. Von Fabian geführt, machten die drei sich dann eilig zum Torfsee auf.

Bis zum Rand des Naturschutzgebietes fuhren sie im Polizeiwagen, danach gingen sie zu Fuß weiter. Durch ein Wäldchen, in denen zahlreiche umgestürzte Birken auf Renaturierungsmaßnahmen hindeuteten, über verschlungene Fußpfade hinweg, erreichten sie schließlich die Lichtung.

Sofort fiel Fabian die Veränderung auf: „Der Kkarren ist wweg!"

Schon eilte er hinüber zu der Stelle, doch das strenge „Halt!" des Wachtmeisters hielt ihn zurück.

„Wir dürfen keine Spuren zerstören! – War es hier, wo sie die Tote von der Karre ins Wasser befördert haben?"

„Ddas hhaben Ole und Jan ggesagt!", eifrig nickte er mit dem Kopf.

„Ihr bleibt da!" meinte der Beamte mit abwehrender Handbewegung. Sich vorsichtig voranbewegend, untersuchte er den Boden auf Spuren.

Schließlich warf er noch einen Blick auf die moorgeschwärzte Wasserfläche des Torfsees, doch das Gewässer behielt sein Geheimnis für sich. Vorerst – doch das würden sie ändern müssen.

Er holte ein Polizeiflatterband aus dem Auto und sperrte die Stelle weiträumig ab.

„Meine Schatzkiste! Ich hol sie noch eben!", rief Fabian plötzlich und rannte zum Hochsitz hinüber. Schnell hangelte er sich die maroden Sprossen hinauf. Oben angelangt starrte er auf die leere Plattform. „Sie ist nicht mehr da, sie ist weg!" Suchend schaute er auch über die Brüstung hinunter, doch nichts. Der Junge hob ratlos die Schultern, bevor er nachdenklich wieder hinunterkletterte. Unten angelangt ging er zum Wachtmeister und flüsterte: „Jan und Ole hatten sie nicht dabei, dafür blieb keine Zeit – also müssen die Gangster sie haben." Ängstlich schaute er dem Beamten ins Gesicht.

„Das ist doch sicher nicht so schlimm, Junge! Wir müssen uns jetzt erst um wichtigere Dinge kümmern, das verstehst du doch?"

„Aber . . . da steht auch drauf, wo ich wohne!", Fabian schluchzte auf. „Jetzt werden sie mich doch noch finden, und dann bin ich tot!'"

„Na, na, – wir sind ja auch noch da, Kleiner! Das werden wir zu verhindern wissen!"

Sein Vater nahm ihn in den Arm. „Mach dir keine Sorgen, mein Junge, ich werde schon auf dich aufpassen!"

Aber Fabian bemerkte doch den sorgenvollen Blick, den der Vater dem Wachtmeister zuwarf.

Alsbald fuhren sie zurück, und der Polizist setzte sie an ihrem Haus ab. „Bleiben Sie bei Ihrem Jungen und sperren Sie gut ab! Ruhen Sie sich etwas aus, hörn Sie? Ich bin jederzeit über Handy zu erreichen, die Nummer haben Sie!" Damit machte er sich auf den Weg zurück zur Wache.

Doch in dieser Nacht blieb es ruhig. Niemand versuchte, sich ins Haus zu schleichen, oder einzubrechen. Fabian konnte sich etwas erholen und sogar einschlafen. Doch es war kein fester Schlaf. Immer wieder schreckte er auf und musste sich der Gegenwart seines Vaters versichern. Und dann dachte er auch an die Vermissten. Schließlich begann er sogar zu beten. „Lieber Gott, bitte hilf Jan und Ole, lass ihnen nichts geschehen, sie sind in großer Gefahr! Jetzt, wo ich Mama schon nicht mehr habe . . ."
Verwundert stellte er fest, dass er wie früher, ohne zu stottern, gesprochen hatte, und fühlte sich plötzlich viel leichter.

5.

Kurze Zeit später fluteten die Mitarbeiter des Einsatzkommandos der Kriminalpolizei den Ort.
Sofort wurden mit Fabians Hilfe Phantombilder der beiden Männer erstellt, die man veröffentlichte.
     Zugleich untersuchten Taucher den Moorsee nach der Leiche und die Umgebung nach Spuren ab. Die Suche der Dorfbewohner nach den Jungen und auch den Männern war bisher erfolglos geblieben.
Doch am Wasser bewegte sich etwas!
Mithilfe einer Seilwinde, die die Taucher an ihrem Körper befestigten, zog man tatsächlich eine Frauenleiche aus der Tiefe. Vorsichtig wurde sie nun abtransportiert und zur genaueren Untersuchung in die Gerichtsmedizin der nächsten Stadt gebracht.
Wo mochten nur die Jungen sein? Lebten sie noch?
Spätestens mit dem Auftauchen der Leiche wurde allen die Gefährlichkeit dieser Männer deutlich vor Augen geführt.
Aus diesem Grund wurden nun auch eine Hundertschaft der Polizei, sowie eine Hundestaffel eingesetzt. Ein Hubschrauber mit Wärmebildkamera war ebenfalls im Einsatz und kreiste unermüdlich über dem Gebiet. Sie alle suchten systematisch nach irgendwelchen Anzeichen, die sie auf die Spur der Jungen oder der Männer bringen könnten.

Erst, als man am nächsten Tag den Radius erweiterte, wurden sie fündig. Anscheinend war durch die ganze Suchaktion der Druck auf die Täter so gewaltig gestiegen, dass sie ihr ganzes Augenmerk einzig darauf ausrichten mussten, sich in Sicherheit zu bringen. Das war ein Glück für die Jungen, denn sonst wären sie vielleicht bereits tot gewesen. So aber fand man sie schließlich in einem abgelegenen alten Schuppen, in dem die Männer sie zurückgelassen hatten. Für die waren sie jetzt ja uninteressant geworden, nachdem die Phantombilder veröffentlicht waren. Nun suchten die Täter, ihre Spuren so schnell wie möglich zu verwischen, um zu entkommen.

Als Jan und Ole, in Decken gehüllt, zurück ins Dorf gebracht wurden, riss Fabian sich von seinem Vater los und stürmte auf die beiden zu. Alle drei standen da und sahen sich wortlos an, bevor Ole herausbrachte: „Du warst unsere einzige Hoffnung!". Dabei wischte er sich eine Träne aus dem Gesicht.

„Ich weiß!", erwiderte Fabian. „Ohne euch wäre ich wohl auch schon tot!"

„Freunde?", schlug Jan vor.

„Freunde!" Sie klatschten alle drei ihre offenen Handflächen gegeneinander.

Mehr brauchte es nicht, um ein Strahlen auf Fabians Gesicht zu zaubern.

Seinem Vater, der hinzugekommen war, fiel auf, dass der Junge fehlerfrei gesprochen hatte, Zufall? Er nahm sich vor, das weiter zu beobachten.

6.

Unterdessen hatte man herausgefunden, wer die Tote war. Noch bevor irgendjemand sie überhaupt vermisste.

Ja, vielleicht wäre es sogar nie jemandem aufgefallen, wenn nicht die Jungen …

Dann wäre sie einfach so von der Erde verschwunden, als wäre sie nie dagewesen.

Der ermittelnden Beamtin lief ein Schauer über den Rücken, als sie sich das vorstellte.

Da lief eine Jugendliche von zuhause weg, und keiner scherte sich darum.

Inzwischen war sie volljährig geworden. Also machte sie ihr eigenes Ding, ohne Probleme zu bekommen. Doch wie war sie in die Fänge dieser Männer geraten?

Sie forschten in der Umgebung des letzten Aufenthaltes der Lisa Wollniek nach und stießen auf einige interessante Details.

Die junge Frau hielt sich zu ihren Lebzeiten finanziell einigermaßen mit dem Verkauf von selbstgemalten Bildern über Wasser. Sie war Künstlerin.

Als das aber immer schwieriger wurde und bald nicht mehr reichte, geriet sie mehr und mehr unter Druck. Sie brauchte dringend Geld, doch von den Banken bekam sie nichts. Die wollten Sicherheiten.

So blieb ihr nichts anderes übrig, als sich anderswo einen Kredit zu besorgen.

Das war sozusagen der Anfang vom Ende.

Als sie sich später weigerte, ihre, durch horrende Zinsen rasant angewachsenen Schulden mit ihrer Prostitution zu begleichen, bekam sie die brutale Hand eines Zuhälters zu spüren.

Dieses Leben musste sie einige schreckliche Jahre lang ertragen, bis sie einen Selbstmordversuch unternahm, der jedoch missglückte.

Doch nutzten nun die Verbrecher diese Gelegenheit, die unbequeme Frau zu beseitigen, indem sie die Tat ganz einfach vollendeten.

Dann musste sie nur noch weggeschafft werden.

Der Rest der traurigen Geschichte war bekannt.

Nun wollten die Kripobeamten die beiden Männer aufspüren und herausfinden, wer sonst noch Hand an die Malerin gelegt hatte.

7.

Doch die Gesuchten waren und blieben verschwunden. Viele Jahre vergingen, ohne dass eine Spur von den beiden zu finden war.

Fabian wuchs inzwischen zu einem selbstbewussten jungen Mann heran, dem man seinen einstigen Sprachfehler, hervorgerufen durch den frühzeitigen Tod seiner Mutter, nicht mehr anmerkte.

Nachdem er im Gymnasium des Nachbarortes sein Abitur gemacht und danach seinen Wehrdienst absolviert hatte, entschied er sich für eine Laufbahn bei der Kriminalpolizei, um genau solche Fälle mit aufzuklären. Er wollte helfen, die Welt ein kleines bisschen sicherer zu machen. Sein eigener Sohn – wenn er denn mal einen haben würde – sollte niemals solch schlimmen Ängsten ausgesetzt sein.

Ab und zu traf er auch Jan und Ole noch, wenn sie ihre Elternhäuser besuchten, oder wenn wieder mal ein Klassentreffen anstand. Zwischen ihnen war in den vergangenen Jahren ein freundschaftliches Band gewachsen, welches auch Pausenzeiten ohne Schaden überstand.

Manchmal gab es noch Momente, vor allem im Schlaf, in denen die Ereignisse der Vergangenheit den einen oder anderen wieder einholten. Und das hatte besonders damit zu tun, dass die Täter nie gefasst wurden.

Doch Mord verjährt bekanntlich nicht, und so würde auch dieser hier irgendwann aufgeklärt werden, da waren sich alle drei sicher.

Und sie sollten Recht behalten.

Noch bevor der Fall sich in den Tiefen des öffentlichen Gedächtnisses verlor und gänzlich in Vergessenheit geriet, zog eines Morgens ein harmloses Foto in der Zeitung Fabians Aufmerksamkeit auf sich.

Irgendetwas darauf zog ihn magisch an, aber er konnte nicht sofort sagen, was es genau war. Bis ihn plötzlich eine Erkenntnis durchzuckte.

„Verflixt und zugenäht, aber das ist doch . . . Ja sicher!" Er sprang so abrupt auf, dass sein Schreibtischstuhl hintenüberfiel und hastete mitsamt der Zeitung hinüber zum Büro seines Chefs. Noch bevor der ihn hereingebeten hatte, stand er schon mitten in dessen Arbeitszimmer.

„Na, na, na! Nun mal langsam mit den jungen Pferden!" Mit hochgezogenen Brauen blickte ihn der Vorgesetzte an: „Was ist passiert?"

„Entschuldigung, aber das ist er! Das ist einer der beiden Gesuchten, na ja, der Moormörder, ich habe ihn eindeutig erkannt! Hier schaun Sie, da auf dem Bild!"

Der Kommissar warf einen Blick in die Zeitung: „Sie sind sich da sicher?"

Fabian nickte: „Kein Zweifel!"

„Na dann los! Holen Sie die Leute zusammen, wir treffen uns in fünf Minuten im Besprechungsraum!"

„O.K. Chef!" Fabian sprintete los.

Während die Polizei nun alles dafür gab, diesen Fall endlich erfolgreich abschließen zu können, setzten die Gesuchten ihre schändlichen Taten nach wie vor gewissenlos fort.

Davon sollte der vielverzweigte Keller eines riesigen Wohnblocks in der Innenstadt zeugen, dessen letztes Ressort, am Ende eines Ganges, zumeist mit einem vielversprechenden Vorhängeschloss gesichert war, hinter dem es aber bisweilen verräterisch rumpelte.

Oben in der Wohnung begann jeden Abend ein reger Verkehr, doch hatte niemand ein Auge darauf. Wenn es aber doch einmal zu einer Beschwerde kam, dann wurde derjenige immer schnell in die Schranken verwiesen, so dass sich niemand mehr getraute, ein lautes Wort gegen die Bewohner zu richten.

Nur heimlich tuschelte man von dubiosen Geschäften und warf sich dabei bedeutsame Blicke zu.

Trotz einiger Kontrollen hatte die Polizei jedoch nichts in der Hand, um gegen diese Leute vorgehen zu können. Es schien, als sei jeder ihrer Besuche vorher angekündigt und entsprechend vorbereitet gewesen. Nichts verriet ein ordnungswidriges Verhalten. Aber man vermutete stark, dass es hier um illegale Prostitution und mehr ging.

Und da der Einsatz der Polizei unter strenger Geheimhaltung stand, konnte man auch endlich einen gewissen Erfolg verzeichnen. Es stellte sich heraus, dass die Wohnung von einem Zuhälter aus dem Rotlichtmilieu gemietet war, der der Beschreibung des Gesuchten entsprach.

Nun endlich gab es einen triftigen Grund und einen Durchsuchungsbeschluss, in diese Festung einzudringen.

8.

Tief unten im Keller des Hauses harrte schon seit Tagen eine junge Frau schier verzweifelt auf Entdeckung ihres Falles aus. Aber die Kräfte ließen nach, und langsam schmolz auch ihre Hoffnung dahin wie der Schnee im beginnenden Frühjahr.
Sie hatte bereits öfter in diesem Gelass gesessen. Immer ging es denen da oben darum, sie gefügig zu machen und ihr deren Willen aufzuzwingen. Dann ließen sie sie für zwei, drei Tage gefesselt und ohne Essen und Trinken in diesem Kabuff sitzen, bis sie sich ergab.
Doch diesmal war es anders.
Diesmal schienen sie sie ganz einfach an diesem abgeschiedenen Ort vergessen zu wollen.
Wenn nicht bald etwas geschah, dann . . .
Sie mochte es sich nicht vorstellen.
Das Atmen durch den verklebten Mund fiel immer schwerer, die Glieder schmerzten furchtbar. Nachdem sie sich bereits vergeblich ihre Handgelenke aufscheuerte, um sich von den Fesseln zu befreien, hatte sie endlich, unter schier unmenschlicher Anstrengung, ihren gesamten Körper bis zur Tür vorgeruckelt. Dort lag sie nun und glaubte zu ersticken, da auch ihre Nase inzwischen wie verstopft schien.
Erst langsam beruhigte sich das panische Einziehen der Luft, und ihre Erstickungsängste ließen nach. Sie musterte nachdenklich die stabile Metalltür und horchte angestrengt.

Erst als Geräusche aus dem Kellerflur ihr Ohr erreichten, kniff sie die Augen zu und schlug mit aller Gewalt ihren Kopf dagegen.

Beinahe wäre sie bewusstlos liegengeblieben, hätte nicht ihr Überlebensinstinkt sie wachgehalten.

So laut sie konnte, begann sie zu stöhnen. Dann noch einmal den Kopf gegen die Tür.

Sterne flackerten vor ihrem Gesicht. Sie bekam gerade noch mit, wie sich die Geräusche draußen wieder entfernten. Dann wurde ihr schwarz vor Augen.

9.

Man war einigermaßen zufrieden mit dem Ergebnis der Razzia, obwohl sich der Gesuchte auch diesmal nicht in der Wohnung befand. Es gab trotzdem genügend Anhaltspunkte, um ihn für seine dunklen Geschäfte für einige Zeit hinter Gitter zu bringen.

Wenn man ihn und möglichst auch seinen Kumpel denn ausfindig machen könnte.

„Hey, den Keller nicht vergessen!", rief der Chef dem Einsatzleiter gerade zu.

„Fehlt noch der Schlüssel!", brummte der. „Will grad den Hausmeister fragen!"

„O.k. Leute! Die andern, außer euch vieren, können schon zurück zur Wache. Wenn wir hier unten fertig sind, kommen wir nach!"

Zehn Minuten später tauchte der Einsatzleiter mit einem dicken Schlüsselbund in Händen wieder auf. Er winkte seinen Kameraden, ihm zu folgen, und sie machten sich auf den Weg durch die „Katakomben".

„Komm mit!", der Chef stieß Fabian in die Seite, und sie folgten den anderen in gebührendem Abstand. Man wusste bei so etwas nie, was passieren würde. Möglicherweise versteckte sich der Gesuchte ja auch dort?

Von nun an sprach niemand mehr ein Wort. Leise huschten sie voran, bis sie vor einer der vielen Verschläge stehenblieben. Die Männer verständigten sich nur noch mithilfe der Zeichensprache, kein Laut war zu hören.

Der Einsatzleiter schloss auf.

Die Männer waren enttäuscht. Nur ein beinahe leerer Kellerraum mit ein wenig Gerümpel darin. Etwas mehr hätte er ihnen schon bieten können.

Einzig ein eingestaubter Kabelbinder am Boden in der Ecke bekam einen zweiten Blick, doch wurden diese Dinger ja heute für alles Mögliche verwendet.

Trotzdem wurde er zur weiteren Untersuchung eingetütet.

Ohne ein weiteres Wort zogen sie ab.

Wieder draußen: „Geben Sie mir mal die Schlüssel rüber, ich übernehme das!". Der Kommissar nahm den Schlüsselbund an sich und spielte gedankenverloren damit herum, als auch schon der Hausmeister auf ihn zutrat.

„Irgendwas entdeckt?", fragte er neugierig.

„Sagen Sie, kann ich den Kellerschlüssel dieser Wohnung bis morgen mitnehmen? Wir haben da noch einiges zu untersuchen!" Und ohne Einwände abzuwarten: „Bringe ihn morgen zurück, versprochen!". Damit wandte er sich um und ging mit Fabian zusammenn fort.

Düster hinterherblickend der Hausmeister: „Machst doch eh, was de willst!"

Dann stahl sich ein triumphierendes Feixen auf sein Gesicht.

10.

Als das Telefon schrillte, nahm der Kommissar den Hörer ab. Ein Gespräch wurde durchgestellt und eine gehetzt klingende Frauenstimme erklang.

„Dort im Hochhaus! Eine Frau ist verschwunden. Nun ist schon der dritte Tag, dass sie nicht zurückgekommen ist. Die haben ihr bestimmt etwas angetan! Sie müssen sie suchen, bitte!"

Bevor der Kommissar aber etwas fragen konnte, wurde das Gespräch abgebrochen. Verwundert schaute er den Hörer an, bevor er beim Empfang zurückrief. „Woher kam das Gespräch, was hat die Frau gesagt?" Dann sprang er auf und rief wiederum seine Leute zusammen. „Da ist irgendwas im Busch, was wir nicht wissen! Wir müssen noch mal da hin! Ich erzähl euch unterwegs, was ich weiß!" Und schon stürmte er, mit seinen Leuten im Gefolge, los.

Im Auto klärte er sie darüber auf, dass sie nun sehr vorsichtig agieren müssten, um die Informantin nicht zu gefährden. Sie würden einen anderen Grund vorschieben, um die Ermittlungen zu begründen. Wenn sie Glück hatten, dann rechneten die Gesuchten nicht mit ihrem erneuten Erscheinen, und sie könnten sie diesmal überraschen.

Zwei Zivilbeamte blieben unten im Wagen und beobachteten das Haus.

Zwei weitere begaben sich in den Kellerbereich.

Die anderen fuhren mit dem Aufzug zur Wohnung hinauf und klingelten.

Die Tür wurde von einer der Frauen geöffnet.

„Kundschaft!" Schon hatte der Kommissar den Fuß in der Tür und trat ein. Die anderen sicherten die Wohnung. Doch es war niemand sonst zu finden.

„So. Nu mal raus mit der Sprache, los erzählen Sie!" Er fasste die sehr jung erscheinende Frau, beinahe noch ein Mädchen, bei der Schulter.

„Bitte, was ist denn? Was soll ich Ihnen erzählen?" Die Frau schien verängstigt zu sein.

„Wir nehmen Sie jetzt zum Verhör mit aufs Revier!"

Kurzerhand wurde sie zu den Beamten gebracht und mit in den Wagen gesetzt.

Dann liefen sie nach unten zu den Kellerräumen.

Einer von ihnen begab sich zum Hausmeister, um ihn mit dem Schlüssel dazu zu holen.

11.

Als sie wieder zu sich kam war alles still. Nur von ganz weit, wie aus einer anderen Welt, drang das Leben an ihr Ohr. Tränen traten in ihre Augen, als ihr die Hoffnungslosigkeit klarwurde, in der sie gefangen war. Es war diesen Männern völlig gleichgültig, ob sie am Leben blieb oder hier elendig krepierte. Sie war völlig hilflos und auf sich selbst angewiesen. Doch noch wollte sie nicht aufgeben. Sie war eine Kämpferin! Irgendwann würde wieder jemand diesen Teil des Kellers betreten, das war sicher, und dann, ja dann musste sie sich unbedingt bemerkbar machen! Aber wie?

Ihre Augen irrten suchend umher nach etwas, das ihr dabei helfen konnte, einem Gegenstand, den sie nutzen konnte, auf sich aufmerksam zu machen. Sie wollte sich nicht wieder selber bewusstlos schlagen, musste unbedingt bei Sinnen bleiben und sich eine Strategie zu ihrer Rettung ausdenken.

„Komm jetzt, lass dir was einfallen. Du bist doch sonst nicht auf den Kopf gefallen! He he he . . .“

Bei diesem Gedanken stieg ein Schluchzen in ihr auf, von ganz tief unten in der Brust, und erfasste ihren gesamten Körper.

Sie sah sich auf dem kalten Betonboden liegen, und eine Welle des Selbstmitleids schwappte über sie hinweg. Doch mitten in diesem verzweifelten Ausbruch hielt sie plötzlich inne, denn ihr Auge hatte etwas entdeckt.

12.

Der Kommissar hatte lange nachgegrübelt und war schließlich zu einem Ergebnis gelangt, das es nun zu überprüfen galt.

Auch Fabian hatte sich so seine Gedanken gemacht und einige der Kinder befragt, die sich, wie er vermutet hatte, viel besser in dem ganzen Bau auskannten, als die Erwachsenen. So erfuhr er zum Beispiel, dass sie oft dort unten spielten, auch wenn das verboten war. Jeder Winkel war ihnen als Versteckmöglichkeit offenbar bestens bekannt.

Sie vertrauten und erzählten ihm mehr als seinen Vorgesetzten, da er ihnen altersmäßig noch näher war. Nur so erfuhr er von dem zweiten Kellerraum, den der Hausmeister ihnen, aus welchen Gründen auch immer, verschwiegen hatte.

„Herr Westermann, jetzt zeigen Sie mir mal den Schlüssel für den anderen Keller der Wohnung!" Der Kommissar schaute den Hausmeister, der soeben hinzugekommen war, durchdringend an.

„Den anderen Keller?", er wand sich wie ein Aal, bis dem Kommissar beinahe der Geduldsfaden riss.

„Wenn Sie jetzt nicht ganz schnell mit uns zusammenarbeiten, dann werde ich Sie wegen Beihilfe zu einer Straftat verhaften lassen, mein Herr!"

Da zuckte er endlich doch erschreckt zusammen.

„Ja, ja, ist ja schon gut!", und suchte das passende Exemplar am Schlüsselring heraus.

„So, und nun gehen Sie mal vor, und zwar ein bisschen plötzlich!", herrschte ihn der Beamte an, so dass er sich auch gleich in Bewegung setzte.

Dieser Bereich des Kellers war deutlich weniger frequentiert, als der übrige Trakt. Nur einmal war von irgendwoher etwas wie Hammerschläge oder etwas Ähnliches zu hören gewesen, dann war es wieder still.

Im Gänsemarsch ging es nun durch lange Gänge und um einige Ecken, bis der Mann endlich vor einer Metalltüre stehen blieb.

13.

Unter der alten Matte, die ihr als *Lager* diente, lugte
etwas hervor und als sie sich nun herumschwang
und es mit dem Fuß berührte, schepperte es. Es war
ein Stück Metall, das die Männer übersehen hatten.
Ihr Herz machte einen Hüpfer, und sofort begann
sie, dies recht schwere Ding mit den Füßen zu
schieben bis hin zur inneren Wand und an ihr hoch.
Dann zog sie die Füße zurück und es fiel mit einem
laut klingenden Knall zu Boden. Das wiederholte
sie unter großen Mühen, so oft sie es in ihrem ge-
schwächten Zustand noch schaffte. Und blieb anschließend total erschöpft und hoffnungslos liegen.

Plötzlich schreckte sie hoch. Da draußen
war etwas!
Ein Schlüssel drehte sich im Schloss und die Tür
wurde vorsichtig geöffnet.
Dann standen Leute im Raum, die sie nur überrascht anblinzeln konnte, als das Licht anging. Sie
spürte mehr als sie sah, dass dies ihre Rettung bedeutete. Da begann sie hemmungslos zu schluchzen
und konnte gar nicht mehr aufhören damit. Sofort
wurde sie nach draußen gebracht und in Decken gehüllt ins Auto gesetzt, bis der herbeigerufene Ret-
tungswagen sie ins Krankenhaus brachte.

Dort wurde ihr ein Polizist vor die Tür gesetzt, der für ihre Sicherheit sorgen sollte.

14.

Es stellte sich heraus, dass der Hausmeister den Tätern zugearbeitet hatte. Doch er konnte durch die Polizei von einer Zusammenarbeit überzeugt werden, was allein ihn schließlich vom Mordvorwurf entlastete.

Mit seiner Hilfe wurden die Gesuchten aufgespürt und verhaftet.

Fabian, Jan und Ole sollten vor Gericht noch einmal als Zeugen auftreten. Das taten sie gerne, denn nach erfolgter Verurteilung konnten sie endlich mit diesem Kapitel abschließen.

Doch sie waren auch dankbar für ihre Freundschaft, die daraus erwachsen war.

Fabian, heute selbst ein Kriminalkommissar, arbeitet in einem Großstadtbüro, wohnt jedoch glücklich mit Frau und Kind in einem kleinen Vorort, wo seine Familie der Natur noch ein wenig näher ist.

ISBN 978-3-7575-6625-8

9 783757 566258

www.epubli.de